阅读是一座
随身携带的避难所

[英] 威廉·萨默塞特·毛姆 著

罗长利 译

前言

如果世界上有一种叫作阅读家的职业,在众多小说作者中,不会再有人比毛姆更加适合。

作家热爱读书,这似乎是自然的事,但像毛姆一样,按图索骥,从作家的作品问解到作家的生平和性格,再由他们的生平和性格回转身,关照作家的作品,并以此写成一本精彩绝伦的随笔集,也是文学史上并不多见的妙事。

最开始,我想用一种更为周正的态度来介绍这部随笔集,然而,轻巧、幽默,外带二分邪诞,这才是毛姆读书随笔的风格。这并不是一部研究文学的专著,很大程度上,它是由文学巨匠的生平逸事构成的故事书。毛姆认为读书是为了乐趣，因此，随笔中他对巨匠生平逸事的选择也带上了浓浓的毛姆气质。

这是一本巨匠的八卦之书，只需从中选取三两件事，便能发现毛姆的眼睛喜欢看向哪里。在性格上，毛姆是亲近简·奥斯汀的，因此，简在家信中对邻人、亲戚的揶揄和打趣，都被毛姆看作与生俱来、无与伦比的辛辣幽默感。甚至在谈起司汤达对简的小说作品的评价时，毛姆也提到，司汤达对简的幽默感的忽视实在出乎他的意料。

对于巨匠的神化行为，毛姆显然并不认同。在他的笔下，狄更斯、巴尔扎克、陀思妥耶夫斯基都是耽溺享乐、佯装气派却负债累累的普通人。他们在小说中探讨、分析人性的弊端，然而在生活中，他们都是人性弱点的俘虏。这其中尤以陀思妥耶夫斯基最甚。如果不是他创作出了那些深入骨髓批判人性丑恶的巨著，他的品性和行为简直是艺术作品中的反面典型。也许正是陀思妥耶夫斯基自身具有的人性与道德观念间的巨大落差，他方才拥有广阔丰饶的创作空间。

在随笔中，毛姆还写到了囚禁列夫·托尔斯泰一生的巨大困惑，司汤达颠沛的生平和自卑引起的疑似"性冷淡"，体弱的福楼拜不合道德伦常的沙滩艳遇，等等。毛姆认为，通过作家的生平来关照作家的作品，是一个很有趣的角度，他成功践行了自己的观点。

事实上，在毛姆的读书随笔中，对作家一生的考证是十分严谨的，只是聪明的毛姆为了掩盖这略显沉重的考证，在叙述中用起了小说笔法。对于巨匠身处不同人生事件时的心理活动，毛姆进行了合理的推测，加以精确地表达，最终，一个个鲜活的巨匠形象跃然纸上，亲切如同读者的友人。

当然，轻松流畅的故事讲述并没有干扰毛姆对小说作品发表深刻的洞见。读书随笔自然要回归对作品的审评。作为一位优秀的小说创作者，毛姆拥有着评论家无法获得的角度与情感，对小说的评鉴深刻而独到，从不盲目吹捧。

毛姆毒舌、刻薄，但又极具情怀，待人待事，都怀着厌恶与热爱的双重情感。这是十分少见的作家性格。阅读他的随笔，是在观赏其他小说家的波澜一生,也是在领略毛姆的性格魅力。聪明的作家没有他深刻,深刻的作家不及他有趣,有趣的作家又不如他深沉。毛姆的人格魅力已经值得读者欣赏与阅读,何况还有文学巨匠人生的秘辛,以及毛姆对文字精湛的掌握。

对于文字,毛姆有极高的要求。他侃侃而谈,文笔洗练流畅,从不故作高深,却又如蜘蛛吐丝一般精切。光是阅读他的文字,就已是一场美的体验。

罗长利

目录

I 怎样的人写出怎样的书

3 《堂吉诃德》与《蒙田随笔》

7 简·奥斯汀的魅力何在

33 关于狄更斯的私事与《大卫·科波菲尔》

67 谈谈《呼啸山庄》的美与丑

81 司汤达其人与《红与黑》

109 巴尔扎克其人与《高老头》

143 福楼拜其人与《包法利夫人》

177 读《战争与和平》,兼谈托尔斯泰的为人与信仰

215 陀思妥耶夫斯基的苦难生涯与《卡拉马佐夫兄弟》

255 读莫泊桑,兼谈有十全十美的小说家吗

261 读契诃夫,兼谈短篇小说可以无头无尾吗

II 怎样读书才有乐趣

274 读书应该是一种享受

280 跳跃式阅读和小说节选

291 一部好小说应该具有哪些特性

299 小说家不是故事员,但小说要有故事

303 关于畅销书的好与坏

III 怎样思考就有怎样的人生

308 我发现读哲学很有趣

315 没有一本一劳永逸的书

323 读伦理学所想到的

327 读完宗教书后,我知道了什么

334 真、美、善之我见

I 怎样的人写出怎样的书

蒙田 | 1533.2.28—1592.9.13

《堂吉诃德》与《蒙田随笔》

我想提到的第一本书是《堂吉诃德》。在 17 世纪早期，谢尔顿曾经翻译过此书，但是他的译本读起来会有些吃力；我想要的是让你舒心地阅读，所以我建议你去读后来由奥姆斯比翻译并于 1885 年出版的译本。但同时我也想要提醒你一件事：塞万提斯处境贫困，他的收入来源于他的作品量。他手头有很多小故事，把这些故事放进他的作品里于他而言似乎是个不错的主意。我曾读过这些故事，但并非情愿，而是出于责任去阅读它们的，正如约翰逊博士阅读《失乐园》一样。如果我是你，我会直接跳过这些故事。在奥姆斯比的译本中，这些故事用小字体印刷，以便你阅读。毕竟你想要了解的是堂吉诃德本人以及他忠诚的仆人桑丘潘萨。堂吉诃德温柔、诚实并且心胸宽广。对于他的不幸遭遇，即便你会忍不住感到好笑（堂吉诃德同时代的人们更容易被这样的遭遇逗笑，因为今日的我们比过去的那些人更加脆弱，那些发生在堂吉诃德身上的造化弄人有时对我们来说过于残酷以至于无法娱乐我们），但要是你对这位愁容骑士没有一丁点儿怜悯或者崇敬的话，那么你肯定不是情感细致之人。人类的幻想作品从未塑造出过像堂吉诃德这样的人物，他对每一个心地善良的人都有着深深的吸引力。

目前我还不太想谈到法国文学，因为它涉及的内容非常之多，我想列举的作品也非常之多，因此我担心一旦我开始谈到法国文学，就没有多余的精力去谈谈其他语言的文学作品了……但是我仍要在这里提到一部法国作品，这部作品也描绘了一个男人，一个同堂吉诃德截然不同的男人。这个男人能够在不知不觉中博得你的欢心，甚至在你初识他之时便有一种欣逢知己的感觉。这部作品便是《蒙田随笔》。在蒙田的散文之中，他刻画了一幅如此完整的自画像，其中有他的个人品位，有他的怪异之处，有他的诸多脆弱，这种种让你能够很亲密地了解他，这种了解甚至超过你对你所拥有的任何一位朋友的了解。在了解他的过程中，你也开始对自己有了较大程度的了解。他在这耐心且幽默的自省之中，投射出人性探索的光辉。对于蒙田的怀疑论，世人众说纷纭。相信事物都有两面性，无法确定，谦逊地不做结论才是最为合理的举动，如果这便是怀疑论，那么我承认蒙田是个怀疑论者。蒙田的怀疑论让他学会容忍——一份在当下尤为缺少的美德，这份容忍来自他对人类的好奇，以及对生活的热爱。怀疑论给予蒙田一种宽容的特质，如果我们拥有这种宽容的心态，也会更加热爱自己的生活，更加关心他人的幸福。

佛罗里欧将《蒙田随笔》翻译得很华丽，或许之后由科顿翻译、威廉·卡洛斯·威廉斯编辑的译本适合那些不喜欢伊丽莎白时代华丽文风的人来阅读。你可以随机阅读其中的一篇散文，阅读之后定会觉得有趣。但是要透彻地理解《蒙田随笔》，最好还是读完整本书。蒙田的散文越长,他随性的文风便越是在其中显得迷人,这已成为蒙田的一个特点。这些文章的题目虽有些正经,但内容毫不失风趣。对于这类散文题材,他已经信手拈来,他熟知读者的兴趣,从他的语言之中你可以感受到他恣意潇洒的文风。不要通过蒙田的散文标题来判断你是否对这篇散文感兴趣,因为他的标题通常与散文内容没什么太大的关系。

在一篇名为"论维吉尔的一些诗"的散文中,他将法国语言的探讨写得十分迷人,他所给出的一些直白的评论,大胆得足够让你脸红心跳。

简·奥斯汀的魅力何在

一

说起简·奥斯汀一生的经历,三两句话也就够了。她出身于古老世家,和英国很多世家望族相同,她的家族也是凭借羊毛业致富的。在一段时期内,羊毛是英国的主要产业。和其他家族一样,发迹后的奥斯汀家也大量买进土地,最终成为乡绅阶级的一员。

1775年,简出生于汉普郡斯蒂汶顿村,她的父亲乔治·奥斯汀是当地的教区长。家中有七个孩子,简是最小的一个。简16岁时,父亲退休,带着她的母亲、姐姐和她一起搬往巴斯,这时候她的哥哥们已

简·奥斯汀 | 1775.12.16—1817.7.18

经长大成人。1805年，简的父亲去世，姐妹几个和母亲一同搬到南安普敦居住。不久后，哥哥爱德华继承了位于肯特和汉普郡的地产，主动提出要为母亲购买一座庄园。母亲想搬去汉普郡乔顿居住——那是1809年——那之后，简便一直住在汉普郡乔顿，偶尔出去探亲访友，直到疾病迫使她搬去温切斯特，因为那里有更好的医生。1817年，简在温切斯特去世，葬于当地的大教堂。

据说，简长得挺讨人喜欢："她身材苗条，亭亭玉立，步履轻快而稳重，让人感到一种蓬勃的朝气。她有着略显暗淡的肤色，圆而丰满的脸颊，小而匀称的鼻子和嘴，明亮的淡褐色眼睛，加上一头天然的棕色鬈发。"然而，在我见过的她唯一的一幅肖像画中，简是一个略微发胖的年轻女子，眼睛又大又圆，胸部高耸，却说不上美貌。当然，这也许是画家画技不精的缘故。简天生具有一种罕见的、辛辣的幽默感。听她自己说，她平日的言谈和她在信中所写没有什么不同，而我们都知道，简的书信写得诙谐有趣、情趣满满，称得上妙语连珠。据此推测，她的谈吐一定也是很有才华的。

简留存下来的信件，大多数是写给姐姐卡桑德拉的。简极其喜爱姐姐，在她生前，只要有机会和姐姐见面，两人便在一间卧室里同吃同住。卡桑德拉去上学，简也跟着她去。虽然简年纪太小，在学校也受不到什么教益，但她离不开姐姐，否则就会伤心沮丧。简的母亲曾说："就算卡桑德拉要被砍头，简也会跟随她同去的。"卡桑德拉的相貌比简更美，性格也较为文静、锋芒不显，但她"有一个优点，总是可以控制好自己的脾气，而简呢，很幸运，她生来就具备一种好脾气，不须加以更多的控制"。

对于简·奥斯汀的书信，她的许多狂热崇拜者大感失望，他们认为这些书信没有体现出什么高尚情操，简的兴趣似乎集中在日常琐事上。对于这种看法，我深感惊讶。简的书信毫无矫揉造作的成分，况且她做梦也想不到，这些书信会被除了卡桑德拉之外的人看到。在书信中，她当然只讲述那些卡桑德拉会感兴趣的内容：人们社交时流行的穿戴，购买印花薄纱用了多少钱，她结识了哪些新的朋友，又遇到了哪些老朋友，以及她听到的流言蜚语，诸如此类。

近些年，不少知名作家的书信集相继出版，在读到他们的书信时，我总是怀有一丝疑惑，当初他们在写这些信时，是否已抱着将它们批量印刷出版的想法？在我的印象中，这些书信完全可以直接发表在文学杂志的专栏里，一个字都不用改。为了不让那些新近去世的知名作家的崇拜者难堪，在此我不提他们的名字，但对狄更斯这个故世多年的作家说几句闲话，大概不会得罪什么人。每次外出旅行时，狄更斯总要写给朋友一些长信，描绘他一路所见的风景。就像狄更斯的传记作者所言，这些书信可以一字也不改地直接付印。我想，也许在那个年代，人们都比较有耐心。如今，倘若朋友的来信中一味地描绘他旅途所见的山川和纪念碑，你一定会深感失望。你想从信中读到的是：他是否遇到了有趣的人，参加了什么聚会，是否买到你托他买的书籍、领带或者手帕，等等。

二

简·奥斯汀所写的信,每一封都很风趣,读来让人忍俊不禁。在这儿我想摘录几段最具她个人风格的文字,来与读者分享这种乐趣。但限于篇幅,我不能多加摘录。

"对于经受贫穷,单身女子有一种可怕的嗜好,这是她反对婚姻生活的一个强有力的理由。"

"想想看,霍尔特夫人死去了!这个可怜的女人,在这个世界上,死亡是她能做的唯一一件不受人攻击的事情。"

"谢勃恩的霍尔夫人昨天生下一个死婴。也许是受了惊吓,生产比她预料的早了几个星期。我估计,这大概是因为她在无意中瞧了她丈夫一眼。"

"我们出席了W.K.夫人的葬礼。我不知道有什么人喜欢她,对那些生者也就漠不关心了,但我现在对她的丈夫深感同情,认为他最好娶夏普小姐为妻。"

"我挺佩服恰普林夫人的,她的发型做得很好,除之外没有什么新的感觉了。莱莉小姐像其他矮个子的女孩一样,大嘴巴、大鼻子,穿戴时髦,袒露胸口。斯坦波尔将军倒像是一个绅士,就是腿短了些,燕尾服太长了。"

简·奥斯汀喜欢跳舞,下面是她对参加舞会的一些有趣的评价:

"只有12圈舞,我跳了9圈,因为没有了舞伴,剩下的几圈没跳成。"

"有人告诉我,有个柴郡的军官,是一个很漂亮的年轻人,想经人介绍来认识我;不过他的愿望没有强烈到迫使他采取行动,我们便没机会相识了。"

"漂亮的人不多,仅有的几个也都不好看。伊勒蒙格小姐脸色不大好,大家唯一奉承的是布伦特夫人,她和9月份时一模一样,宽脸蛋、钻石头带、白鞋,加上一个同样打扮入时、头肥颈粗的丈夫。"

"星期四,查尔斯·勃勒特举办了一场舞会,这惹得左邻右舍极为不安,要知道他们对他的经济状况有种很强烈的兴趣,盼着他早点破产。他的妻子既愚蠢又奢侈,脾气也不好,这倒是邻居们想看到的。"

"理查德·哈维夫人马上要结婚了,这真是一个了不起的秘密,只有半数的邻居知道,你可不要说出去!"

"霍尔博士穿戴一身重孝,一定是他的母亲、妻子或是他本人去世了。"

简·奥斯汀同母亲住在南安普顿时,拜访过一户人家,她给卡桑德拉的信中这样写道:

"我们去的时候,只有兰斯夫人在家,家里除了一架大钢琴,不清楚她是否还有值得夸耀一番的子女……他们的生活很奢华,看起来她向往富有;我们让她知道了我们一点也不富有,用不了多久,她就会觉得不值得和我们交往了。"

简家族中的一位亲戚和某位曼特博士有了私情,博士的妻子回了娘家,一时惹得流言四起。关于这件事,简在信中写道:"也许因为他是一个牧师,不管这份私情多么不道德,总有那么一点正经的意味。"

简言语伶俐,幽默感也不同寻常。她很爱笑,也喜欢逗别人开心。让一个幽默的人把一句有趣的玩笑憋在心里,实在是难为他。开人玩笑,却又不给人留下刻薄的印象,更是十分不易!天性善良的人常常缺少一点幽默感。简·奥斯汀目光敏锐,她发觉了人们身上的蠢笨荒唐、自高自大、装腔作势和假意虚情,却并不气愤或苦恼,相反,她感觉那些东西很有意思,这不得不使人钦佩。作为一个有着良好教养的人,公开取笑他人总让她于心不忍,不过,在私人信件中开一两句周围人的玩笑在她看来是无伤大雅的。事实上,就算是在她最有讽刺性的话语中,也没有什么恶意。她具有一种真正的幽默感,它的基础是细致的观察和一种坦率的心态。

在简的一生中,她经历了许多大的历史事件,法国革命、恐怖时期、拿破仑的兴起和溃败等,然而她的小说没有写到这些内容。有人指责她太过于超然物外。不过,值得我们注意的是,妇女参与政事在简所在的时代是有伤风化的。政治是男人的事业,那个年代的女人甚至连报纸也不读。如果因为简的书中没有提到那些历史事件,就断言她并未受其影响,确有些不讲道理。简对自己的家庭充满了热爱,身为海军的两个哥哥身处危险境地,简常常写信,倾诉对他们的日夜惦念。不在小说中提起那些历史事件,正好表现出简的非凡见识。她生性谦虚,从没想过名垂青史。如果她有这样的想法,就不会如此明智了。以文学的观点来看,那些事情不过是短暂一现的昙花,这便是简在小说中拒不提及那些事件的原因。过去几年,有关第二次世界大战的小说出版了那么多,已经没有读者读了,它们就像每日例发的报纸,很快便被遗忘了。

根据奥斯汀·李在《简·奥斯汀传》里讲述的部分内容,再稍加一点想象,简·奥斯汀在那段漫长而宁静的岁月里的生活便略见雏形了。"通常说来,没有什么事是交给仆人去做的,女主人完成了大部分工作。女主人需要亲手调配佳酿、制作家庭用药、烹煮菜肴……与此同时,她们还要纺纱织布,在吃过早餐或茶点后清洗碗碟。"对于衣帽和围巾,简有着浓厚的兴趣,她还擅长刺绣。偶尔,她会与那些英俊、漂亮的年轻男人调调情、跳跳舞。她还喜欢看戏、打牌和轻松一点的娱乐。"那些需要手指灵活的游戏,她都玩得很厉害。很少有人能在撒游戏棒上赢过她,她不仅撒得圆,而且可以依次取走每一根,十拿九稳。她的杯球也玩得很厉害,听说在乔顿玩杯球时,她轻松接满了一百个。因此,她深受孩子喜爱的事实就没什么可奇怪的了。孩子们爱跟她一起玩耍,更何况,她还有怎么也讲不完的故事。"

尽管没有人会称简·奥斯汀为女才子(她本人想必也不屑于这个称呼),但她确实是一个很有教养的女人。作为研究简·奥斯汀的权威,杰波明曾经在一张书单中列举了一些她阅读过的书籍。这其中有芬纳·伯纳、玛丽亚·艾奇沃斯和瑞克里弗夫人[1]的小说;还有一些法国和德国小说的英文译本(包括歌德的《少年维特之烦恼》)。事实上,凡是从巴斯和南安普敦的图书馆中能够借到的书,她都会阅读。她对莎士比亚的作品很熟悉;她读拜伦和司各特的作品,他们是与她同时代的;她最喜欢的诗人似乎是柯帕[2]。无疑,柯帕的作品中那种绚丽、冷峻、睿智的风格很吸引她。她还读过约翰逊博士和包斯韦尔的作

---

[1] 均为18世纪英国著名女作家。
[2] 18世纪英国诗人。

品，此外还有大量的历史书籍和宗教文献。

三

作为一个作者，最重要的当然是自己的创作，接下来我便谈谈这个。简开始写作的时候，还是一个小女孩。在她快要死去时，曾托人给一个同样喜欢写作的侄女带话，她说要是她想听听所谓忠告，16岁之后再开始创作是个更好的选择，在12岁到16岁这段时间最好多读少写。在简的时代，女人写书是有悖体统的。路易斯修士[1]曾说："我讨厌一切女作家，蔑视她们，甚至可怜她们。她们应该拿针捏线，而不是舞文弄墨，针线才是她们的工具。"

那时候，小说是一种被轻视的文学体裁，身为诗人的司各特爵士竟然喜爱写小说，就连简·奥斯汀自己都十分压抑。写小说的时候，简总是"避免被仆人、客人和其他人发现。她把小说写在小纸片

---

1 即路易斯·德·莱昂，16世纪西班牙宗教诗人。

上，便于收藏，还能盖在一张吸墨纸下面。她的房间和仆人的下房之间有一扇嘎吱作响的门，响动的声音对她有警示作用，她便一直没有让人把门修好：一旦有人推门进来，躲在屋里写小说的她便能听到，然后迅速把稿子藏起来"。大哥詹姆斯有一个儿子在上小学，他从来不知道父亲正读得津津有味的小说的作者是他的姑妈。简的另一个哥哥亨利在回忆录中说："如果简还活着，决不会在作品上署名，不管这能带来多大的声名。"因此，《理智与情感》（这是简发表的第一部作品）的扉页上的署名仅仅是"一位女士"。

事实上，简最早的作品并不是《理智与情感》，《第一次印象》才是她的第一部小说。简的哥哥乔治·奥斯汀曾给一个出版商写信，想自费出版"一部与伯纳小姐的《伊沃林娜》篇幅相近的一共三卷的小说"，但是，出版商拒绝了这个提议。1791年的冬天，简开始创作《第一次印象》，1797年8月小说完成，它便是16年之后才得以出版的《傲慢与偏见》。后来，她接连写出了《理智与情感》和《诺桑觉寺》

两部作品，运气却都不太好。五年后，《诺桑觉寺》（当时书名为《苏珊》）被一个名叫理查德·克劳斯贝的人花十英镑买走，但它并未出版，而是被转手卖掉了。由于作品没有署真名，理查德并不知道自己卖掉的手稿便是日后大卖的《傲慢与偏见》的作者所著的《诺桑觉寺》。

《诺桑觉寺》完成于1798年，这之后直至1809年，简似乎不再创作，她仅仅完成了《沃森一家》中的部分章节。人们不禁猜测，为什么一位很有才华的作家会如此长时间辍笔。有人说是因为她坠入了爱河，但这不过是个猜测。1798年，23岁的简正值妙龄，可能会多次坠入爱河。简的奇特之处在于，虽然一次次的恋爱结果大都并不愉快，在她的精神上却没有留下阴影。因此，关于她长期辍笔的解释，最可信的是，由于出版商拒绝出版她的小说，她有些意气消沉了。有时，亲朋好友会听简朗诵她的小说。听众心醉神迷，但她很有自知之明，她认定：只有那些熟悉她的人才会觉得她的小说有意思，因为他们很快便能发现书中的人物原型是生活中的哪一个。

四

1809年,简和母亲、姐姐一道搬去乔顿小镇居住后,她开始着手修改手稿。《理智与情感》于1811年正式出版。在那时,女人创作小说已是平常的事情。在皇家文学协会举办的一次关于简·奥斯汀的演讲中,斯贝琼教授引用艾丽莎·费在《印度来信》中的序言来说明那时的情况。1782年,艾丽莎·费曾拒绝发表书信的邀约,因为女人的作品当时受到社会舆论的严重抵制。然而,1816年,她在书中写道:"如今,社会舆论已经大不一样:许多位女作家已为女性争得光荣,她们质朴谦逊,无惧批评,驾小船驶入浩瀚大海,带给读者们教育和娱乐。"

《傲慢与偏见》于1813年出版,它的版权以110英镑的价格出售。

在上面提到的三部小说之外,简·奥斯汀还创作了《爱玛》《劝导》和《曼斯菲尔德庄园》三部小说。通过这几部作品,她的声誉越发稳固。虽然寻找一个出版商还是要花费她很长的时间,但小说一经出版，公众便立刻认可了她的才华。渐渐的，她开始得到一些极有声望者的赞扬。我想引用对她甚为推崇的司各特爵士的一段话："在描写内心情感、日常生活和许多琐碎复杂的事务上，这位小姐高超的才能确实罕见。要我写一些规矩的文章倒是可以，但用这样细腻的笔触如此传神地描写这些平凡无奇的人和事，我做不到。"出乎我意料的是，司各特没有提到简的幽默感，这是她最宝贵的才能。在敏锐、深邃的观察力和丰富情感的基础上，幽默感才是加强这两者的关键所在。囿于有限的生活经验，她写出的故事都有些类似，人物的变化也并不明显，大多是从同一人物的不同角度加以观察。然而，她深知自己的短处，她并不妄图处理生活之外的题材，就只写外省社会里的一个生活圈子。她只在自己熟悉的事上着笔，比如她好像从未写过独处的男人们的谈话，这是她不曾经历过的事。

她的观念与同时代的人没有什么不同，这也体现在她的小说和书信中。对那时的社会状况，她感到十分满意。在她看来，社会自然有贫富之分，划分等级的重要性是毋庸置疑的:当一名牧师是一个绅士的儿子不错的选择,此外,他的生活可以靠继承的遗产维持;凭借亲戚关系,为国王服务的年轻人可以得到提拔;婚姻是女人的本分;结婚当然是为了爱情,但也不能忽视经济状况。这都是自然的事,没什么值得不满的地方。与她的家族打交道的只有牧师和乡绅,其他阶层的生活自然无法出现在她的小说里。

五

我无法断言简·奥斯汀最好的作品是哪一部,她所有的作品都是上乘的,每一部都吸引着一批忠实而狂热的崇拜者。在麦考莱眼中,《曼斯菲尔德庄园》是简最好的作品;另一批名气相若的批评家却认为,《爱玛》才是她的巅峰之作;据迪斯累利自己说,他读了17遍《傲慢与偏见》;到如今,《劝导》却被很多人认为是她所有作品中最成熟的一部。在我看来,《傲慢与偏见》被多数普通读者当作简的代表作是很有道理的。一部作品获得了多少批评家的交口赞誉与课堂里的耐心研究，或者多少学者的讲解分析，并不能使它成为经典，唯有读者获得的乐趣和教益，才是一部作品成为经典的关键。

我认为，总体上来说，《傲慢与偏见》是她所有作品中最令人满意的一部。我不喜欢《爱玛》的女主人公的势利性格，面对社会地位比她低下的人，她总显得屈尊俯就，至于简·凡凡可斯和弗兰克·丘吉尔之间的风流韵事，也并不是多么有趣。在她的所有作品中，《爱玛》是唯一使我感到冗长的作品。埃德蒙和范妮，《曼斯菲尔德庄园》中的男女主人公，都是惹人厌恶的道学家，而生气勃勃、不拘小节的亨利和玛丽·克劳福德，却赢得了我十分的同情。《劝导》这部小说拥有一种罕见的魅力，如果没有柯伯在兰姆雷吉斯的那件事，我认为它堪称完美。在虚构不寻常的事件方面，简·奥斯汀并没有什么天分。下面这件事在我看来就有些弄巧成拙的嫌疑：露易莎跑上几级陡峭的楼梯，"向下一跃"，扑向爱慕她的温迪华斯上尉，上尉没能接住她，她便一头撞到地上昏了过去。事实上，只要上尉肯伸出手接她，就如他平时帮她"跳下"篱笆旁的台阶那样,她绝不至于一头撞到地上,要知道她跳下来的地方离地面还不足六英尺[1]。她也许会撞在高大健壮的上尉身上,也许会受到惊吓,但并不会受伤。然而,她昏过去了,接着便是一片忙乱的场面。关于忙乱的描写也并不可信,众人手忙脚乱,就连身经百战、屡获表彰的温迪华斯上尉也吓得手足无措。在之后的叙述中,所有人的行为举止都显得荒谬,我简直难以相信,对于亲朋好友的疾病和死亡都能安然处之的奥斯汀小姐,竟然在小说中写出这样一段笑料百出的闹剧。

以知识渊博、风格诙谐著称的批评家加洛特教授曾经说过,简·奥斯汀在写故事方面并没有什么才能,他解释说,他所谓的"故事"是指一连串不同寻常的、富有浪漫色彩的事件。的确,简·奥斯汀缺乏这种能力,她似乎也不打算在这方面努力。她身上敏锐的观察力和生动的幽默感允许她能够不耽溺于幻想,不寻常的事件并非她的兴趣所在,她要写普通

1　1英尺约合0.3048米。

的日常生活。凭借自己足够出色的观察力、生动的幽默感和巧妙的措辞,她便足以将最普通的生活写得并不普通。至于故事,多数人指的是那种清晰而连贯的陈述,包含开始、发展和结局。以《傲慢与偏见》为例,小说以两个年轻人的到来作为故事的开始,以他们和伊丽莎白姐妹的爱情作为主题并加以发展,最后以有情人终成眷属作为结局。那些老于世故的人也许并不认可这种传统的大团圆结局。的确,多数婚姻,或许是绝大多数的婚姻,都是不幸福的。况且,结婚只是进入另一个生活阶段,而并非生活的终结。许多作家选择结婚作为小说的开端,并一直叙述到它的结尾。这是作者的权利。我反倒认为,一般读者喜欢看到小说以男女主人公终成眷属作为结局是有一定道理的。他们抱持这种观点,是因为心中有一种本能的、深切的感觉,认为男人和女人通过婚姻完成了一项生物学上的职责。他们会很自然地感到,听作者讲述一对男女如何产生爱情,经过曲折变化、相互误解,最终缘定终身、生儿育女,这是一件十分有趣的事。对大自然来说,任何一对夫妻只是漫长生命锁链中的一环，这一环的意义就在于它能够衍生出另一个环来。这就是小说家热衷于以男女主人公终成眷属作为小说结局的理由。在简·奥斯汀的这部小说中，新郎最终获得一大笔地产收入，带新娘搬进了一所漂亮的住宅，家中有花园，还有许多华贵精美的家具，这样的结局让普通读者大为满意。

在我看来，《傲慢与偏见》的情节结构十分精巧，情节的衔接度极高，且极为自然，没有使读者感到迷惑的地方。也许，有读者会认为伊丽莎白和简如此有教养、礼仪，她们的母亲和三个妹妹不应该这么平庸。这的确有些突兀，不过，在叙述故事时，这也是必不可少的一种安排。有时我会假设，简为什么不把伊丽莎白和简设置成班纳特先生的前妻的女儿，三个小女儿的母亲班纳特夫人是他的续弦，如此一来，矛盾不就避开了吗？

在所有作品的女主人公中，简·奥斯汀最喜欢的是伊丽莎白。她曾经写道："我不得不承认，她是在我的小说中出现的最令人愉快的人物。"根据有些人的看法，伊丽莎白是以简·奥斯汀本人为原型的——她也的确把自己的勇气、欢乐、机敏和见识都赋予了伊丽莎白这个人物——或许还可以做出进一步的推测，她描绘的那个善良、温柔、美丽的简·班纳特，就是她的姐姐卡桑德拉。一般读者总会把小说中的达西当作无耻之徒，他犯下的第一个过错就是拒绝与不相识的、也不想结识的人跳舞。但这并不是什么大错。的确，在向伊丽莎白求婚时，他表现出一种令人厌恶的傲慢，但是考虑到他对自己的出身和财产的自豪，这是他性格中最主要的特征，没有它，小说也就没什么可讲的了。何况，他傲慢的求婚态度也给了简·奥斯汀施展妙笔的机会，据此展开了小说中最精彩的戏剧性场面。也许在有了一定写作经验的情况下，简·奥斯汀再写这部小说，她会把达西的态度表现得更恰当一点，让他足以引起伊丽莎白的反感，却不至于说出那些略失真实的话。书中对卡特琳夫人和柯林斯先生的描述可能也稍嫌夸张，但我认为略加喜剧元素是完全可行的。喜剧元素让生活更加绚丽多彩，也更加严峻冷峭。加一点喜剧式的夸张手法在小说中无伤大雅，毕竟有分寸地掺点笑料就好像在草莓上撒一层糖霜，会让生活的喜剧味道变得更加浓郁。不过，说到卡特琳夫人，需要记住一点，在简·奥斯汀的时代，一个人与地位比自己低下的人待在一起时难免会表现出一种优越感；对此，地位较低的人也不会有任何不满。如果有读者觉得，伊丽莎白作为一个出身低微的姑娘，卡特琳夫人在她面前有些趾高气扬，请不要忘记，伊丽莎白对自己的姨妈菲利普夫人的态度也好不了多少，毕竟对方只是一个地位不高的律师的妻子。我年轻的时候，已经和简·奥斯汀所写的时代相隔一百年，还是经常会看到这样一些贵妇人，她们高傲自大的样子尽管不像过去那样荒唐可笑，和卡特琳夫人倒也不相上下。至于柯林斯先生这样擅长拍马奉承却又傲慢无理的人，在今天，又有谁没见过？

不会有人把简·奥斯汀视作伟大的文体家。她的缀字法很奇特，常常不顾语法，但是她的听觉一定很敏锐。她的句子结构可以看出受到了约翰逊博士的影响。相比普通的英语词汇，她喜欢使用来自拉丁文的英语词汇，喜欢用抽象的而非具体的词汇。这给她的措辞添了一点悦目的、惬意的庄重感，也的确让她诙谐的语言多了一些分量，在辛辣、尖刻里加入一点一本正经的味道。她的对话写得自然流畅。记叙对话并不是将人物所说的原封不动地搬去纸上，而是要经过组织、整理，不然就会显得沉闷。在简的小说中，许多对话像是如今的书面语，读来略显矫揉造作，但是在18世纪末，那些年轻小姐确实是那样说话的。比如，简在谈起她的情人的几个妹妹时说："她们当然不会赞成我和他的关系，对此我并不感到奇怪，因为他完全可以选择一个许多方面都比我更好的人。"我相信，简的话就是这样说的；但我也必须承认，听她这样说话真有些费力。

在我看来，这本书最大的优点尚未谈到，那就是它极强的可读性——相比一些更加杰出或著名的小说，《傲慢与偏见》显然更有可读性。正如司各特所言，奥斯汀小姐关注的是日常生活、人们的内心情感和错综复杂的细琐事务。虽然小说中并没有什么了不起的事发生，但是读完一页后，你总会情不自禁地翻过去，迫切地想知道下文的情节。下文中仍然没有什么大事,但你又迫不及待地翻开新的一页。能够让你这样做的小说家是最有才能的小说家。我常常在想,这样的才能是从何而来?为什么读者把这部小说读了一遍又一遍,却仍然像第一次阅读时一样兴趣盎然?也许原因就在于,简·奥斯汀不仅对书中的人物及其命运深感兴趣,她对发生在人物身上的一切都深信不疑。

查尔斯·狄更斯 | 1812.2.7—1870.6.9

关于狄更斯的私事与《大卫·科波菲尔》

查尔斯·狄更斯其人身材矮小,偏偏相貌不凡。伦敦国立美术馆与肖像馆里收藏着一幅他的画像,那是他 27 岁时麦克里斯为他画的。画面中,狄更斯端坐于书桌边的一把豪华靠椅上,一只纤细的手优雅地放在一部手稿上。他的衣服搭衬着宽大的缎制领饰,十分考究。他的头发是棕褐色的鬈发,鬓角修长,飘垂于脸的两侧,恰好遮住双耳,看着尤为潇洒。他的脸形略长,脸色显得有些苍白,但目光灼灼,配上其深沉思索的神情,这一副年轻大作家的形象正与崇拜者们的心意相合。他常常表现出一副纨绔子弟追逐时尚的派头。年轻时的他爱穿花哨的天鹅绒上衣,佩戴明艳的领饰以及白色的礼帽。可惜,他从未获得他想要达到的效果。他这样的装扮让人觉得古怪,甚至不可思议,因为他的服饰和他的为人实在太不相符了。

他的祖父威廉·狄更斯一开始是查斯特尔市议员约翰·克罗尔的家仆,娶了一个女仆作为自己的妻子,最后又当上了管家。老威廉有两个儿子——小威廉与约翰。不过,我们只对后者有一些兴趣,因为他在作为英国最伟大的小说家的父亲的同时,又是他儿子笔端塑造的最为出色的人物形象——密考伯先生的原型。约翰甫一出生,老威廉就去世了。他们的母亲依然在克罗尔家里当女仆,就这样一直干了35年,而且还成了女管家。此后,主人负担了她的养老金,而在她作为管家的那段时间,主人还出钱供她的两个儿子接受教育。小儿子约翰经由主人推荐到军需处的一个职位就职,没多久就结识了一名同事,不久又与此人的妹妹伊丽莎白·巴鲁结了婚。在人们眼中,约翰是个穿着时髦、总喜欢摆弄怀表的政府小雇员。他向来比较爱喝酒,因为牵涉进一宗贩酒案,还在狱中待了一段时间。婚后不久,他便债台高筑,却仍继续四处向人借钱。

他们的次子——查尔斯·狄更斯,于1812年在普特希镇出生。两年后,约翰调职伦敦。一家人在伦敦度过了三年,后来,随着约翰再次调职,一家人又迁往查特姆。就是在此处,小查尔斯的读书生涯开始了。他的父亲藏有一些书籍,数量不多,但其中有如《汤姆·琼斯》《威克菲牧师传》《吉尔·布拉斯》《堂吉诃德》《蓝登传》《小癞子》等好书。小查尔斯抱着它们看了不止一遍。这些书对他的巨大影响,我们可以从他后来的小说创作中看个清楚。

小查尔斯上学到15岁后,去了一家法律事务所实习。不过,他在那儿只做了几个星期的工,父亲就让他转去另一家法律事务所,在那里,他成了一名周薪15先令的正式职员。利用业余时间,他自学了速记,仅用18个月,就从民法博士院长老法庭那里得到了速记员的工作。20岁时,他又谋得了议会速记员资格,同时以一家报纸的记者身份专门对下议院的情况做报道。他工作时总是坐在旁听席上,以"又快又好的速记员"而闻名。这期间,他爱上了一位银行经理的女儿——玛丽亚·比德奈尔,一个翩翩多情却又举止轻浮的姑娘,很可能是她先向查尔斯·狄更斯抛出调情的信号。他们的关系一度变得很亲密,她却没有把这段交往当一回事。她只是喜欢被人恭维的感觉,喜欢有个情人陪着她嬉戏,压根儿就没想过要嫁给贫穷的查尔斯·狄更斯。因此,没过两年,他们的感情就结束了。两人还正式退还了彼此的礼物。狄更斯十分悲伤,因为他是真的爱着玛丽亚的。后来,在《大卫·科波菲尔》中,玛丽亚成了大卫的"孩子妻"朵拉的原型。在狄更斯这部小说刚刚写完时,曾有一位女性朋友问过他,他是否真的"十分爱她"。他回答说:"在这个世上,没有女人也少有男人能够理解,他心中的这种爱究竟有多深。"在分手许多年后,他们才又得以相见,玛丽亚·比德奈尔和狄更斯夫妇一起吃了一顿饭。时过境迁,此时狄更斯已成了声誉最隆的小说家,而玛丽亚却成了一个肥胖、平庸、鲁钝的家庭主妇。于是,她的形象又被狄更斯写进了小说,成为《小杜丽》中的芙洛拉·费因钦的原型。

22岁时，查尔斯·狄更斯的周薪已经达到了五英镑五先令。因为想要离报社近一点，他迁居到了河滨街附近的一条脏兮兮的小路边。没过多久，他感到不满意，于是又跑到弗涅伏尔客栈里租下了一间未搭配家具的房间。糟糕的是，没等他往里面搬好家具，他的父亲便因欠债入狱了。为了保证父亲在监狱里的生活，他只能无奈地解囊相助。父亲一时间无法从狱中出来，他找了个便宜点的房子把全家安置下来，至于他自己，则和由他抚养的弟弟弗雷德里希在弗涅伏尔客栈四楼的一间后厢房里住下了。"因为他的坦率、慷慨、大方，且不管遇到什么麻烦，总能逢凶化吉，在他家中，乃至后来又在他妻子家中，竟然有了这样一种习惯，那就是没什么出息的人总会找到他要求资助，还要他帮着谋取职位。"（摘引于恩娜·波普-亨奈希的《查尔斯·狄更斯》）

在下议院的旁听席上，他工作了约一年时间后，开始写起了描写伦敦生活的系列随笔。第一篇作品登上了《月刊》杂志，后来他又陆续在《晨报》上发表作品。这虽然没有给他带来多少稿费，但让他渐渐开始引起人们的注意。当时,英国流行一种风气,人们爱看一些描写奇闻逸事的小说。这类小说多发表于一先令一份的月刊上,经常还配着有趣的插图。因此,出版商总会向一些稍有名气的作家和画家约稿配画。这就是时至今日仍为大众欢迎的报纸上滑稽栏目的雏形了。有一天,查普曼·豪尔公司的某合伙人找到了狄更斯,请他为一组出自名画家之手的连环画配上文字,画的内容是关于一家体育爱好者俱乐部的。他承诺每月付14英镑,杂志发行时另外再加少许酬金。一开始,狄更斯推托说他不懂体育,不会撰写这类稿子,但后来实在是"酬金的诱惑力太大,他终于没能抵挡住"。虽然我不能说《匹克威克外传》就是这样诞生的,但至少我可以确定,再也没有其他的名作是在这样一种不寻常的情况下产生的。最开始连载的五篇故事并不怎么成功,等到山姆·维勒在故事中出现后,杂志发行量激增。之后出版的、汇集了这些故事的书也大受读者欢迎,22岁的狄更斯一举成名。尽管评论界对他仍不置可否,但他业已声名鹊起,读者也对他推崇备至。当时的《评论季刊》曾对他做过预测,"预知他的命运用不到什么本事——他会像火箭那样升上天,又会像棍子般地栽倒下来"。的确,纵观狄更斯的创作生涯,处处可见这种情况:大众对他的作品如醉如痴,评论家们却总是再三挑剔、吹毛求疵。看来,当时的评论界也如同现在的一样浅薄。

1836年,在连载小说《匹克威克外传》的第一篇内容发表的前几天,狄更斯和凯特·霍格斯步入了婚姻的殿堂。他的岳父乔治·霍格斯是他在报社一同共事过的同僚,生有六个儿子和八个女儿。他的那些女儿个个都长得娇小而丰满,金发碧眼,脸色红润健康。大女儿凯特是当时唯一达到结婚年龄的姑娘。也许就是因为这个原因,嫁给狄更斯的是她,而不是她的哪一个妹妹。在度过短暂的蜜月后,他们在弗尼伏尔客栈住了下来,并邀请凯特的一位妹妹——16岁的玛丽·霍格斯过来和他们同住。活泼可爱的玛丽让狄更斯渐渐萌生了爱意,尤其当凯特因怀孕而不在他身边时,他更是整日和玛丽待在一起。这时,他已经签署了另一部长篇小说的合同,即《奥列佛·退斯特》,然而在他动笔开始写这部新作的同时，他仍需要继续按月连载《匹克威克外传》。于是，他就把每个月的时间分成两半，上半月写《奥列佛·退斯特》，下半月写《匹克威克外传》。绝大多数小说家都要全神贯注地去创作一部作品，根本不可能有什么多余的精力再去考虑第二部，狄更斯却能游刃有余地切换，同时开工两部作品。他的这种特殊天赋，的确是大多数小说家所不曾拥有的。

凯特的第一个孩子出生后，她考虑着再生几个，那时候他们已经搬出客栈，迁居到道梯大街。与此同时，玛丽也长得越发可爱了。5月的某个夜晚，狄更斯领着凯特和玛丽一道去看戏剧。戏剧表演得很精彩，回家途中三个人的兴头都很高。没想到，玛丽却忽然病倒了。虽然医生来得很快，但几小时内她就不治身亡了。狄更斯取下玛丽手上的一枚戒指，戴在自己的手指上。从那之后，直到去世，他一直戴着这枚戒指。玛丽的死让他伤心欲绝。他曾在日记中如此写道："她是这样一个可爱、活泼、迷人的朋友，这样一个我过去或将来再也不会遇到的、能分担我的忧愁、理解我一切情感的人，假如她还能活在我们身边,我愿意放弃一切去延续这种欢乐。然而,她死去了。我向仁慈的上帝恳求,让我与她同去吧!"他甚至计划自己死后就葬在玛丽的旁边。

玛丽的死所引发的悲恸,使得再次怀孕的凯特不幸流产了。待她恢复后,狄更斯和她一起到国外短暂地进行了一次旅行,以脱离这种痛苦。一直到6月底,他才总算是恢复过来,甚至又能挑逗其他年轻女子了。

拥有卓越成就的文学家自身的生活并不一定都是趣味盎然的,狄更斯的生活就总是按照某种模式进行。他的职业要求他每天必须拿出若干小时工作,而且还必须有一套适合于此的工作程序。他常要和文学界、艺术界的上流人物应酬,还要忙着与那些贵夫人交际。他要出席别人的宴会,自己也得设宴回请。他要外出旅行,还要不时亮相于公开场合。总的来说,这便是他的生活模式,尽管没有哪个作家能与他的幸运和成功相比。

他生来就喜爱戏剧,事实上他还曾经认真考虑过要不要去当一名演员。他背诵台词,还为此专门向一个演员请教了发声方法。他常常对着镜子练习上台、坐下和鞠躬等一些舞台动作，他也确实凭借这方面的造诣在出入上流社会时如鱼得水。纵然喜欢吹毛求疵的人总是嫌他衣着花哨、行为粗俗，但是他的相貌和眼神、过人的才华、充沛的精力，还有爽朗的笑声，总归是富有魅力的。许多人恭维他、奉承他，但他的头脑尚算清醒，从未因此而飘飘然。

令人感到奇怪的是，虽然他有着敏锐的观察力，并且逐渐对上流社会的语言也熟悉起来，但他的小说在描写上流社会生活时，塑造出的人物却不那么真实可信。他笔下的牧师和医生，显然不及他描写的律师及其助手那样真实、生动。这是因为，从他当律师事务所的小职员以及民法博士院的速记起，甚至早在他穷苦的童年时代，对于律师这类的人物，他已经非常熟悉了。这样说来，小说家似乎只有以自己从小熟悉的人为原型，才有可能塑造出鲜明的人物。我们常常感觉，自己在童年和少年时代度过的一年，似乎比成年后度过的一年要更加丰富多彩，我们也常会把自己熟悉的那些人当作整个世界。本可以彻底了解那些人的内心的我们，不知为什么，后来只了解到他们表面的一些东西。对一般人来说，这没什么影响，但对小说家而言，这却显得至关重要。狄更斯就遇到了这样的麻烦，有时他不得不进入某个不属于他的世界。那里的生活他并不懂，那里的一切也都和他曾经熟悉的世界截然不同，于是他失去了创作灵感的源泉。值得庆幸的是，狄更斯对自己早年的生活深有体会，他可以用自己独特的方式，在后来所遇到的男男女女中挑选一些人物进行处理。

他是一位非常勤奋的作家，往往一部作品尚未完成，第二部作品就已动工。他的大部分小说最初是在杂志上连载的，因此，他一边写作，一边还要密切关注读者对杂志的反应。对于他的《马丁·朱述尔维特》在美国的出版，人们一直很感兴趣。说起来，这部小说最开始也是在英国的某本杂志上连载的，只是后来，狄更斯获知杂志销量下滑，这部连载小说不再像以前那样吸引读者的兴趣，他才想着要把小说拿到美国去出版。他不是那种以作品畅销为耻的作家。作品的多产没有耗尽他的精力，除了写作，他还创办并经营着三份周刊，同时还以极大的热情投入到其他爱好中去。他可以轻轻松松地一天步行20英里；他骑马、跳舞，喜欢各种各样的玩乐；他到业余剧团演戏，还变魔术给孩子们看；他出席宴会，到处演讲，并慷慨地设宴款待客人。

在金钱上富足一些后，狄更斯一家便立刻搬到了伦敦豪华区的一幢住宅当中。为了布置客厅和卧室，他们从大商行定购了一整套家具，在地板上铺上厚厚的地毯，在窗前悬挂绣满花朵的帷帘。家里雇用了一个技艺高超的厨师、三个女仆和一个男仆。他和妻子各自拥有一辆马车，家里总有开不完的晚宴，宾客络绎不绝。詹姆斯·卡莱尔的夫人对他的奢侈铺张也感到震惊，甚至连杰弗里勋爵在参加他家的宴会后也在给朋友科克彭的信中说："对一个刚刚富裕起来并且有家室的人而言，这样的晚宴实在是太过铺张了。"这一切需要花费大笔的钱。除此之外，还有别的开销需要狄更斯承担：他的父亲和部分亲属的生活开支全都由他提供，而且还需长期提供下去。老约翰是浪荡性子，他常常用儿子的名义向人借钱，甚至偷偷把儿子的手迹和手稿拿去卖掉，这是他做出的最让狄更斯感到难堪的事情。没过多久，狄更斯便断定：除非让这些人通通从伦敦搬走，否则他将永无宁日。于是，在他们的抱怨声里，狄更斯在靠近艾塞克斯的奥芬顿镇上找了一幢房子，请他们搬去那里居住。与此同时，为了挣钱来应付家里的巨大开销，他创办了一份名为《汉佛瑞少爷之钟》的刊物。为了这份刊物的销路着想，他开始连载小说《老古玩店》。小说获得了巨大成功，一时间所有人都对此津津乐道，小说的哀婉与伤感甚至打动了康奈尔、柯勒律治、杰弗里勋爵和卡莱尔这样的大文人。甚至连远在纽约的人们都聚集在码头上，苦等装有这份刊物的客轮进港，每当客轮缓缓靠岸时，他们就会迫不及待地大声喊道："小耐儿死了没有？"

1842年，狄更斯夫妇把四个孩子托给凯特的妹妹乔治娜照看，双双去美国访问。虽然至今还没有哪位英国作家能够像狄更斯那样于生前就名声远播，但是这一趟美国之行并不怎么如意。原因就是那时的美国人对欧洲人仍常常抱有戒备心理，尤其对所有批评美国的言论都十分敏感。他们的新闻界和出版界毫不客气地侵犯着"新闻人物"的隐私权。对当时美国的新闻媒介来说，欧洲的著名人士访美固然是好事，但只要来客对动物园里的猴子一般供人参观耍弄的行程稍稍表示不满，媒体马上会将其说成是自负与傲慢。在美国，言论自由是不能伤及他人感情或损害他人利益的。所有人都有权表达自己的观点与看法，但前提是不能反对别人的观点。狄更斯并不了解这些情况，于是就免不了出错。当时的美国还没有加入国际版权公约，出版商大肆出版无须支付稿酬的英国作品，而不愿意出版需要付稿酬的美国本土作品，因此不仅英国作家的权益在美国得不到保护，美国作家的权益也受到损害。在欢迎宴会上发表演说时，狄更斯便提出了这一问题，而这样做显然是不明智的。狄更斯的演说引起一片哗然，报纸上直接说他是个"唯利是图的小人，毫无绅士风度"。尽管他处处被崇拜者簇拥，花了足足两小时和那些前来向他致敬的费城的读者握手；尽管他身上的新大衣被那些想从他那儿得到纪念品的人撕成了碎片，但就他个人的形象而言，这次访问活动并不能算成功。虽有大多数人被他的英俊外貌和充沛活力所吸引，仍有不少的人认为他缺乏男子气概，认为他的服饰、戒指和钻石别针都俗气不堪，甚至认为他行为粗俗、缺乏修养。不过，他在那里依然认识了一些朋友，且后来和他们也一直保持着良好的关系。

经过了繁忙而劳累的四个多月的美国之行，狄更斯夫妇回归英国。孩子们在姨妈乔治娜那里被照顾得很好，疲惫不堪的狄更斯夫妇便恳请乔治娜和他们同住，并帮助他们打理家务。与玛丽初到弗尼伏尔客栈时一样，那时的乔治娜16岁。她和玛丽长得十分相像，所以某种意义上，她可以说是又一个玛丽。这时，凯特又在考虑着要一个孩子了。乔治娜长得不仅娇小可爱且温柔可亲，她还很擅长模仿别人的动作，常常把狄更斯逗得开怀大笑。就这样，"一直把思念玛丽视作与自己的'心脏搏动'一般重要的狄更斯，在乔治娜身上看到了玛丽的影子，他感觉时光似乎在倒流，便更加觉得'过去与现在是难以分割开来的'。"（摘引于恩娜·波普-亨奈希的《查尔斯·狄

更斯》)

狄更斯曾经忍受过长期的贫困生活,因此一朝有了钱,他自然想过一种豪华的生活。然而没过多久,他便发现自己已然负债累累了。考虑到意大利的生活成本较低,他决定把住宅租出去,自己搬到意大利去住。在意大利的一年中,他大部分时间住在热那亚,遍览了意大利半岛迷人、旖旎的风光。然而,为了充实自己的精神与头脑,他也一直在沉下心思读书,再加上他总不自觉地显露出岛国人的褊狭性格,所以他并没能结交上什么意大利朋友,一直是个典型的英国旅居人士。尽管如此,他还是结识了一位来自瑞士的同样旅居热那亚的贵夫人,即德·拉·赫伊夫人,并和她相谈甚欢。这位夫人的丈夫是位瑞士银行家,她当时似乎正被自己的妄想症困扰。狄更斯对催眠术一直有不小的兴趣,于是便建议她,只要他对她施以催眠术,便能解除她的困扰。此后,为了施用催眠术,他们每天都见面,甚至一天两次。对此,凯特内心十分不安。在他们旅行的过程中,德·拉·赫伊夫人与狄更斯一家时刻在一起。后来,德·拉·赫伊夫人在狄更斯的催眠术的帮助下重获健康，但是直到他们一家回到英国，凯特才松下一口气来。

作为一个性情温和并带些忧郁气质的女人，凯特的性格很固执，既不爱陪同丈夫旅行和赴宴，也不喜欢以女主人的身份在家里设宴待客。她的相貌并不出众，有时显得笨手笨脚。想和乏味的狄更斯夫人打交道是一件麻烦事，常与狄更斯交往的人很快便达成了共识，甚至有人觉得她是个废物。诚然，做名人的妻子并不容易，除非她足够老练、圆滑或者富有幽默感，否则恐难胜任。凯特既不擅长交际周旋，又缺乏幽默感，她天生便不具备那样的性格。但是，如果她对自己的丈夫十分爱慕，这其实也算不了什么。不幸的是，凯特仿佛从来没有真正爱过狄更斯。早在两人订婚的那段时间，狄更斯就在信中抱怨她的态度冷漠。凯特嫁给他，也许是因为女人总要嫁人，或者是因为她作为八个女儿中最年长的一个，父母就将第一位求婚者安排给了她。总而言之，她善良、文雅、娇弱，却没有与丈夫的显赫地位相匹配的必要修养和才能。

在同一时期，乔治娜在狄更斯家中取代了玛丽曾经的位置。光阴流逝，狄更斯越发离不开她了。他们一起散步，讨论他的写作计划，她还担任着他的秘书角色。便宜舒适的国外生活让狄更斯尝到了甜头，他开始长时间地逗留国外。乔治娜曾跟随他们一家去过意大利，后来又去过瑞士的洛桑、法国的巴黎和布伦港。有一次，他们计划去往巴黎住一段时间，乔治娜先单独和狄更斯一起到巴黎找了一套公寓住下，待一切安顿妥当后，再行通知凯特，让她带着孩子从英国出发。在凯特怀孕的时候，乔治娜总会和狄更斯一起外出旅行或者参加宴会，她还经常代替凯特主持家宴、招待客人。有人推测，凯特对此一定会心生不满，但事实上她从未流露过任何不满的情绪。

时间如白驹过隙，到1857年的时候，查尔斯·狄更斯年满45岁，此时的他已成为英国声望最为卓著的作家，同时也是盛誉满身的社会改革家。在公众看来，他的生活充满着戏剧性。他的孩子业已长大成人。这时，发生了一件出人意料的事。他喜欢演戏，有时会为了慈善事业加入义演，在一些戏中充当业余演员。这一年,他收到去曼彻斯特排演《结冰的深渊》的邀请。这出戏是他协助维基·柯林斯编写的,曾在女王夫妇和比利时国王面前演出过,且获得了巨大成功。为了扮演剧中一个富有自我牺牲精神的北极探险者,狄更斯甚至蓄起了胡子。他十分喜欢这个角色,极富深情的表演将许多观众感动得泪流满面。此后,他同意了在曼彻斯特重新上演这部戏,但出于对女儿是否适合在大剧院演出的考虑,他决定把过去由她扮演的角色交给职业演员。于是,一个名叫爱伦·泰尔兰的年轻女演员前来应聘。在几个月前,狄更斯曾看过她演出的《亚特兰大》。在她登台前,狄更斯去化妆室看她,发现她正在哭泣,原因是她必须在演出时露出大腿,她这种羞怯和矜持的样子深深地吸引了狄更斯。

年仅 18 岁的爱伦·泰尔兰身形娇小,容貌俏丽,有一双碧蓝色的眼睛。排演安排在狄更斯家里进行,由他自己担纲导演。看到爱伦在排演过程中充满敬慕的举止和急于讨好他的行为,狄更斯十分得意,排演还未结束,他便深深地爱上了她。他从商店订购了一款项链送给她，不料商店却误把项链送到了他妻子那里，夫妻间不免起了波澜。看来，狄更斯应该对妻子的愤怒做出了让步，毕竟她是无辜的受害者。在类似他们这种婚姻的关系中，这算是丈夫平息风波的最佳方式了。那次演出十分成功，狄更斯的表演可谓精彩至极。

在此之前，凯特从来没有使狄更斯感到满意过，迷恋上爱伦·泰尔兰之后，他越来越无法忍受妻子的缺点。他写道："她虽然温存、随和，但无论怎样做，她都无法理解我。"他开始怀疑，他们两人的结合或许从根本上就是错误的。他曾经对约翰·福斯特说道："问题的关键是不应该那么年轻就结婚，时间的流逝也没有使情况好转。"他的感情发生了变化，但她依然停留在最开始的地方。狄更斯十分自负地认为，自己身上没有任何地方需要自责。他甚至自我安慰地想，他是位好父亲，对孩子尽到了心意和责任。这么想来，倒与彼克斯涅夫[1]的处世态度

1　狄更斯小说中的人物。

有些相似。他其实并不太想生育过多的孩子，他觉得之所以会有那么多孩子，完全是凯特一人的主张。在孩子尚小的时候，他还是很喜欢的，只是等他们长大之后，他便不再喜欢了。到了一定年龄，他便把大多数男孩送往国外。

这一时期，他表现得喜怒无常，性情烦躁不堪，除了乔治娜，他对任何人都没有好脾气。最终，他下定决心和凯特分居。但是，出于对社会地位的考虑，他担心家庭关系破裂的消息一旦公开，谣言会随之而来。这种担心倒完全可以理解，毕竟多年来他一直大肆地宣扬着家庭幸福。和其他作者相比，狄更斯十分热衷在圣诞节撰文赞美纯真、美好、和谐的家庭生活。有人提供给他一些建议：一是他和凯特住在不同的房间，但凯特仍以女主人的身份主持家宴，并陪他出席各种公开的活动；二是他搬到盖茨山庄（一幢他新近买下的别墅）去住，凯特则留在伦敦的住所；三是让凯特搬去国外居住。然而，这些建议都被凯特拒绝了。最终，他们还是不得不彻底分居。凯特搬去坎顿镇边上的一所住宅里独自居住，每年能获得六百英镑的津贴。一段时间后,他们的长子查理会去那里和母亲住在一起。

这样的安排实在是出人意料。人们想不通,为何凯特会同意丈夫把自己逐出家门,为何她会答应离开自己的孩子。她明明知道狄更斯迷恋上了爱伦·泰尔兰,有这样的把柄在手,她完全可以提出各种条件。或许是她太老实了吧,甚至是有点愚笨。还有可能如某些人解释的,狄更斯神奇地让妻子相信她自己有点精神失常,从而"使他的妻子觉得,还是离开这个家为好"。不过,一种普遍且最可信的看法是她酗酒。对此,我虽无十足之把握,但可以确信这一点是真实的。很有可能,凯特已经成为一个酒鬼。否则,乔治娜为何要管理家务、照料孩子?为何母亲离开了家,孩子们却仍然留在家里?为何乔治娜后来会这样写道:"可怜的凯特没有能力照顾子女,这件事已然成了公开的秘密?"看来,事情清楚了。也许长子查理去和凯特住在一起,就是为了看住母亲,不让母亲过分饮酒。

狄更斯名气太大,其隐私难免会引起流言蜚语。

他的许多朋友都认为他在处理家庭事务上有欠考虑,对他怀有敌意的人更是到处散播各种各样无法证实的谣言,这些谣言甚至一度传到了国外。出人意料的是,传说中的情妇并不是爱伦·泰尔兰,而是乔治娜。狄更斯对此十分愤怒,他认为所有的不实谣言都来自霍格斯家,也就是凯特和乔治娜的娘家。于是,他逼迫他们做出声明,证明他和他的妻妹之间并没有任何不妥当的事情,并威胁道,若是他们不对此加以澄清的话,他就把凯特撵出自己的家,而且一分钱都不会给她。霍格斯一家足足花了两个星期的时间思考对策。让他们犹豫不决的是:假如狄更斯真那么做的话,凯特能否以强硬的态度寻求法律上的支持?若他们不想让事情发展到这一步,唯一的办法似乎就是承认凯特是错误一方,这又是他们最不想看到的。

在这场风波中,乔治娜可谓一个谜一般的人物。狄更斯发现,谣言似乎沸腾到唯有他自己出面,才能向大众解释清楚他与妻子分居的理由了。于是他写了一封公开信,先发表于《纽约论坛报》,后又经各家报纸转载。他提到乔治娜时说道:"实话实说,世界上再没有比她更纯洁、更完美无缺的人了。"当然，他这么说是想要说明他和乔治娜之间没有任何不正当关系，但这句话很可能是真实的。或许，乔治娜是爱着他的。在狄更斯去世后，乔治娜编辑他的部分书信集，删除了狄更斯对凯特的所有赞扬之词，由此可见，她对姐姐一直存有嫉妒心。不过在那个时代，即使妻子亡故，丈夫和亡妻的姊妹结婚，也会被教会当局认为是乱伦。因此，在狄更斯家住了十五年的乔治娜，很可能从没有想过要和这位姐夫建立任何超出兄妹之情的关系。更何况，狄更斯一心深爱着爱伦·泰尔兰。或许，能获得一位名人的信任并完全支配他，乔治娜已觉得很满足了。令人不解的是，她在盖茨山庄为狄更斯打点家务之时，竟会欢迎爱伦·泰尔兰来到山庄做客，还和她成了朋友。

以查尔斯·特林海姆的名义，狄更斯曾经在帕克海姆附近租了一幢房子给爱伦。不久之前，到那幢房子去参观的人们还会被带到一棵大树前，被告知作家"特林海姆先生"生前很喜欢坐在这棵树下。爱伦一直住在那里，直到狄更斯去世。她还为他生了一个儿子。从盖茨山庄到帕克海姆之间的路途并不远，狄更斯就经常到那里和爱伦共度良宵。他们还一同去过一次巴黎。

与凯特分居期间，狄更斯仍继续为公众朗诵他的作品，为此他把英伦三岛走了个遍，且再启访美之行。每次朗诵，他都充分发挥了他的表演才能，因而大获成功。然而不幸的是，四处的奔波让他精疲力竭。人们开始发现，这个四十来岁的男人看起来已经像个老人了。况且，这些朗诵表演并不是他唯一的活动。从与妻子分居至他去世的 12 年间，狄更斯共写完了三部长篇小说，同时创办了一本较为成功的杂志——《一年四季》。正因为这样，他的健康状况持续变坏，似乎也是必然的。医生吩咐他要注意休息和静养，但他迷恋着公众的掌声，于是，他坚持要做巡回朗诵表演。就在巡回表演的途中，他终于病倒了，只能无奈地放弃了后面几场朗诵会。他回到了盖茨山庄，坐到书桌前开始写长篇小说《艾德温·德鲁德》。但为了补偿朗诵会组织方因他放弃部分场次而遭受的损失，他又接下了在伦敦安排的 12 场朗诵会。

1870年的1月,圣·詹姆斯教堂里人潮涌动,每到狄更斯入场和退场之际观众都会自发站起来朝他欢呼。朗诵会终于结束了,他又回到了盖茨山庄,继续他的《艾德温·德鲁德》的创作。6月的某天晚饭时分,乔治娜发觉他脸色有些不对。"哦,你应该躺下来歇一歇!"她对他说道。"好吧,那就躺在地上吧!"他回答说。这是他人生中所说的最后一句话,刚说完,他便顺着她的胳膊滑倒,躺在了地上。乔治娜立刻派人到伦敦找来他的两个女儿。第二天,这位能干而富有主见的女人又让狄更斯的女儿凯蒂去告知她母亲这一消息,然后再将爱伦·泰尔兰叫到了盖茨山庄。一天后,也就是1870年的6月9日,狄更斯去世了。他被安葬在威斯敏斯特教堂的墓地中。

在以上关于狄更斯生平的描述中,我并没有提及他为社会改革领域所做出的卓有成效的努力,亦未提及他对穷人、被压迫人群的同情和帮助。我只是尽可能地探讨他的私人生活,这是因为,在我看来,只有当你对他的私人生活感到好奇时,你才会对我向你推荐的小说——《大卫·科波菲尔》感兴趣，因为从很大程度上来看，它是一部个人传记。不过，狄更斯写的毕竟不是自传，而是小说。纵然小说中有许多他从自己的生活中借鉴的素材，但也仅仅是借鉴而已，剩下的全部都来自于他那丰富的想象力。正如我曾经说过的，密考伯先生和朵拉的原型素材分别来自于他的父亲和他的第一任情人玛丽亚。玛丽·贝德耐儿和艾格妮丝的原型素材，一部分来自他心目中的理想人物玛丽·霍格斯，一部分则来自玛丽的妹妹乔治娜。10岁的大卫·科波菲尔被继父送去当童工的情节，就和狄更斯自己被父亲送去当实习生的经历很相像，并且大卫也有一种和狄更斯类似的想法，即和那些比自己社会地位还要低的同龄孩子搅和在一起，是"屈尊"，是"降格"。

让大卫·科波菲尔自己讲述自己一生的故事，这是小说家们经常采用的设定。它的优、缺点并存。优点之一是，它迫使叙述者自始至终都得紧随叙述线索，换句话说，他只能写他亲眼所见、亲耳所闻乃至亲身所行的事情。狄更斯的小说情节大多很复杂，读者的兴趣总是会被不经意地引向和故事进程毫不相干的人物或事件当中去,如果采用这种结构便能避免类似的情况。《大卫·科波菲尔》里唯一离题的地方,是关于斯特朗博士和他的妻子、岳母及妻子的侄子等关系的叙述,这些叙述其实和大卫的故事一点也不相干,显得繁杂啰唆。这种结构的另一个优点是,它能够增强故事的真实感,读者的同情心将和叙述者的同情心融合在一起。当然,你可以赞同他,或不赞同他,但不论怎样,你的注意力始终一直集中在他的身上,他便很轻易地赢得了你的同情。

不过,这种结构有个缺点,由于叙述者就是小说主人公自己,他在向你描述他自己是多么英俊、多么有魅力时,往往显得很不谦逊。当他讲到自己的鲁莽行为时,或者当女主人公已爱上他(此时,读者业已看得清清楚楚)而他却还一副蒙在鼓里的样子时,他就会显得十分傻气,但他偏偏又表现得很自负。这种结构还有个更大的缺点,那就是相对于作品里经叙述者之口讲出来的其他人物,叙述者自身的形象常常会显得有些苍白无力。这一缺点是采用这种结构的小说家们不能完全避免的。我常问自己,为何会出现这种结果。唯一的解释可能是,由于主人公和叙述者本人是一体的,所以当他叙述自己时,往往是从内部来塑造自己的形象的,他会下意识地把种种混乱、怯懦或者犹豫情绪完全暴露在大家面前,这显然是非常不利于形象塑造的;相反,当他叙述其他人物时,一般都是从外部观察他们的,于是他可以尽情凭借自己的想象力来进行描写与刻画。如果这种描写与刻画是来自于像狄更斯这样才华出众的作家,其他人物身上最重要的戏剧性特征、个性甚至怪癖,都会得到完美而淋漓的表现,这就使得他们的形象变得生动而鲜明,叙述者的自画像未免相形见绌了。

狄更斯倾其所能,想激发起读者对主人公的同情。但说实话,为了寻找贝西姨婆,大卫出逃奔往多维尔海港时的那段描述他孤注一掷的心情的著名描写,实在是过于夸张了。读者会感到很惊讶,这个小男孩竟能蠢到这步田地,任凭别人哄骗、抢夺。要知道他毕竟在工厂待过几个月呀,还在伦敦街头游荡过一段时间,和密考伯一家也同住过,替他们典当过东西,甚至还去马夏西监狱探过监。读者此时不禁会质疑,既然种种经历表明了他是个聪明伶俐的孩子,那他在未成年时怎么也该知道一些人情世故、有一点自卫能力吧。然而,大卫·科波菲尔却不是这样,而是自始至终表现得很窝囊。他一再地被人欺骗和抢夺,仿佛从未想过与此抗争。他面对朵拉时是如此软弱无能,处理日常家务时又是如此缺乏常识,种种描写实在让人无法信服。他还表现得那么迟钝,竟然都猜不出艾格妮丝一直爱着他。在故事的结尾,狄更斯将大卫安排成了一名小说家,这就更让人摸不着头脑了。倘若大卫真的在写小说,那我猜他的小说看起来肯定更像是亨利·伍德夫人[1]的手笔,而绝不会像是狄更斯的作品。说来也怪,大卫的创造者竟没有赋予其作者本人的充沛活力和横溢才华。如果不是他那文雅俊美的外表,大卫绝不会像现在这样受人喜爱。虽然他诚实、善良、为人正直,但他又确实有点傻气。应该说,他是整本书里最缺乏生动性的人物了。

---

1 19世纪英国三流小说家。

不过这并没有什么关系，毕竟书里还有许多其他人物，他们一个个生动、丰满，具有个性。他们纵然并不十分真实，但贵在富有生气。密考伯、辟果提、巴基斯、特拉德尔斯、贝西·特洛伍德、狄克先生以及尤利亚·希普和他的母亲，这些人在生活中是不存在的。他们只不过是狄更斯丰富想象力所创造出来的奇异产物。然而，他们都被塑造得如此生动、协调、逼真，让你无法不相信他们的存在。他们的言行有时虽表现得有点夸张，却仍然有真实感。你一旦认识了他们，便再也忘不掉他们了。这些人物中最出色的一个当数密考伯先生，他绝对不会让你感到失望。在书中，狄更斯最后还让密考伯先生在澳大利亚当上了一名受人尊敬的官员，但有些评论家认为，这个人物应始终保持他那种浑浑噩噩的"有今天没明天"的个性。我对这样的吹毛求疵并不以为然。众所周知，澳大利亚是个人烟稀少的地方，而密考伯先生是一个相貌堂堂、受过教育、口才又极佳的人，像这样一个具有如此多优点的人，为何就不能在那里获得一官半职呢？不过，对于他揭穿尤利亚·希普的阴谋诡计，我是不太相信的，因为他缺少足够的机智和耐心。

只要对故事的发展有利，狄更斯就会毫不迟疑地使用巧合的桥段，从不过多考虑其中的必然性。现代小说家则不一样，为了表现事物的必然性，他们不得不把情节过程叙述得详细可信，且还要尽量让其显得逼真。不过，当时的读者都还比较愿意相信那些在现实生活中压根儿就不可能发生的故事情节，而这恰恰是狄更斯的看家本领。他讲述故事的技巧是如此高超，即使是今天，我们仍会相信他的这些故事。《大卫·科波菲尔》里充满了各式各样的巧合，如斯提福兹乘船返回英国时，船在雅茅兹海滩遇险了，而大卫偏偏正巧到那里去看望朋友。其实，若是狄更斯愿意，以他的能力和技巧，完全可以避免这类不合理的情节出现。但他还是这样写了，因为他觉得这种安排可以提供机会来创造一个惊心动魄的场面。

相比狄更斯以往的小说，尽管《大卫·科波菲尔》里的戏剧性情节并不多，但其中有一些人物，如尤利亚·希普，仍带着一种通常被认为是趣味低下的闹剧人物的味道。当然，不管怎么说，作为一个会令人感到恐惧的人物，他的刻画总体上还是有力的。再比如，斯提福兹的仆人，一个次要人物，他那神秘、阴险的个性特点也描述得过于可怕了些。依我看，这类人物里最让人难以理解的是洛莎·达特尔。这可以说是小说中最大的一个败笔。狄更斯原本的意思是想让这个人物在故事中发挥出更大的作用，只可惜他后来并没能做到这一点。我姑且猜想，他担心那样会冒犯读者，因此没有按原意去写。我曾问自己，如果斯提福兹不是达特尔的情人，会怎么样？如果她对他的仇恨中并未掺杂那种饥渴的、疯狂的爱，又会如何？不过，若是这样的话，我又想不出还有什么原因可以让她那么残忍地对待小爱弥丽。顺带提一句，我个人觉得小爱弥丽不过是个影子式的人物，只是起到了一点她所能起到的作用罢了。

狄更斯曾写道："在我的所有著作里面，我最喜欢这一部。正如许多慈祥的父母一样，我亦有自己偏爱的孩子，他就是大卫·科波菲尔。"作家往往对自己的作品难有正确的判断，这次却是个例外，狄更斯的判断显然是正确的。马修·阿诺德和罗斯金一致认为《大卫·科波菲尔》是狄更斯的最佳作品。对于他们的看法，我想我们也是认同的。如此说来，这是作家本人、批评家和读者三方的一致看法。

谈谈《呼啸山庄》的美与丑

《呼啸山庄》这本书很奇特。它的内容看似混乱，却不失为一本好书。它丑恶，却给人以美的感受。它是一本让人生畏的、痛苦而充满激情的书。有人怀疑，这样一本书是不可能由一个牧师的女儿写出来的，因为她过的生活如隐士般单调，认识的人很少，可以说对世界一无所知。在我看来，这是无稽之谈。《呼啸山庄》具有一种强烈的浪漫主义倾向，这种浪漫主义不同于现实主义的耐心观察，而是放纵主观想象，沉湎于神秘而恐怖的激情和狂暴行为，时而兴高采烈，时而意气消沉。这是一种对现实的逃避。从艾米莉·勃朗特的性格，以及她那种强烈的、饱受压

艾米莉·勃朗特 | 1818.7.30—1848.12.19

抑的感情来看，我们绝对有理由相信《呼啸山庄》是出自她的笔下。但是，从表面来看，这本书却更像是她那个无赖弟弟写的。确实也有不少人相信，这本书即使不是全部由她弟弟所写，至少有一部分是出自他之手。

他的几个朋友就持这种观点。比如，弗兰西斯·葛隆迪曾写道："帕屈里克·勃朗特（即勃朗特姐妹的弟弟）对我说过他写了《呼啸山庄》的一大部分，这件事他姐姐也承认……我们曾一起住在卢登福特，他常常说一些病态的天才才会有的奇思怪想给我解闷，后来，那些奇思怪想就出现在《呼啸山庄》里。因此，我更加相信是他想出了这本书的故事情节，而不是他姐姐。"

有一次，帕屈里克约了朋友狄尔登和雷兰德，在去往奇利途中的一家旅店里，朗诵自己的得意诗作。下面是大约在 20 年后，狄尔登在一篇写给《哈利法克斯监护人报》的文章中的一段话："我念完了《魔后》的第一幕；然而当帕屈里克把手伸进自己的帽子取出他的诗作时（他习惯将自己的作品放在帽子里），他忽然发现不对，取出来的不是诗稿，而是他正在创作的一部小说的部分手稿。他对自己放错了东西大为懊恼，打算把那些手稿塞回去，这倒引起了我们对这部手稿的好奇，就让他不妨读出来给我们听听，让我们见识一下他写的小说究竟如何。他犹豫片刻，同意了。于是他念起来，念了差不多一个小时，每当念完一页就把一页手稿放回帽子里。手稿并没有写完，我们正听得起劲，故事却突然中断了。后来他大体讲了这个故事的结局，还说到小说中的人物原型的名字。这几个人中尚有个别人至今仍在世，因此我不便过多透露。帕屈里克说，这本小说的书名他还没定下来，因为他觉得可能永远也找不到一个有魄力来出版这部小说的出版商。帕屈里克那天所读的小说部分，里面的背景和人物——就其发展而言——我认为和后来出版的《呼啸山庄》非常相似，而现在因为有夏洛蒂·勃朗特的大胆断言，《呼啸山庄》却被认为是她妹妹艾米莉的作品。"

这段话的真假难以确认。夏洛蒂·勃朗特对此不屑一辩，她非常憎恨她的弟弟，虽然她一向恪守基督教的仁慈原则，但正如我们所知，即便是基督教也允许某种善意的、诚实的憎恨。不管夏洛蒂的话能不能被人接受，她都有权相信自己愿意相信的事情。不过，传说往往也不会是毫无根据的，我们很难想象有人能够毫无理由地凭空杜撰出传说来。那么，能做何解释呢？没法解释。也有人暗示过，小说前四章是帕屈里克写的，只是后来由于他酗酒、吸毒，再也写不下去了，就由艾米莉接着写。据说，他们认为前四章的文风相比后文要更加矫饰和夸张，我却一点也看不出来。在我眼里，整本书都是用一种习作者的笨拙的手法写成的，整本书的风格都是矫饰而夸张的。不要忘记，艾米莉·勃朗特在此之前没有写过哪怕一本书。任何一个习作者刚开始创作时，总热衷于使用华丽的辞藻，生怕简单的词句会影响作品的效果。只有在经过真正的练习之后，他或者她才会写得自然起来。

《呼啸山庄》的内容主要由约克郡的一个女仆讲述，可是小说所用词句和她的身份极不相符。也许艾米莉·勃朗特自己也意识到了这点，狄恩太太说出来的话并非她这种人能够说出的，所以她就让狄恩太太说她在侍候人的同时也读过不少书，因为她的言谈显然远远超出了她的身份。即便如此，狄恩太太那种故作风雅的言谈依然让人吃惊。她从不说"我想试试……"，而是用"我尝试着……"或者"我试图……"代替；不说"走出房间"，而是说"从一个房间中离去"；不说"碰见"某人，而是与某人"邂逅"。我敢断定，这本小说不管出自谁手，反正前后所有内容均由同一个人完成。如果说前四章的文风真的比后面各部分更加矫饰和夸张，我想那也是因为艾米莉·勃朗特想借此来表现洛克乌德这个年轻人的痴心与自负，她的这种尝试可以说是成功的。

我曾在别处看到有人推测，假如是帕屈里克写了小说的前几章，根据他的意图，他是要让洛克乌德在故事情节中发挥更大作用的。事实确实如此，有一处暗示说，洛克乌德被小凯瑟琳吸引。如果他真的爱上了她，情节显然会变得更加纠葛。而现在，洛克乌德在小说中的角色只是个无足轻重的捣蛋鬼罢了。这部小说写得非常笨拙，这没什么可惊讶的，艾米莉讲的这个故事很复杂，涉及两代人，要讲好它本就不是一件易事，因为她必须把两套人物和两套情节统一起来，做到处处留神，不能因为对某一套人物感兴趣而忽视了对另一套人物的兴趣。除此之外，她还必须拥有高屋建瓴的视角，好像能综观一幅大壁画的全貌，把发生在漫长岁月中的事情压缩到读者所能接受的某个时间段内。

如何讲述一个曲折的故事，同时又给人一种完整的印象，我认为艾米莉·勃朗特一开始并没有经过缜密构思。起初，她并不知道怎样才能把故事讲得连贯，她是在后来才想到，最好的方法就是借一个人物之口向另一个人物讲述一连串的事件。让人物讲故事并不难，这也并非艾米莉·勃朗特首创，但正如我早已说过的那样，这样做的缺点在于当人物在讲故事时，故事中需要包含各种各样的内容，比如对景色的描写，这很难用人物讲述故事的对话进行表现，因为没有一个正常人会那样说话。一个有经验的小说家也许有更好的表达方式来讲述《呼啸山庄》里的故事，因此我始终无法相信，艾米莉·勃朗特是在别人的创作基础上完成这部作品的。我觉得,当你考虑到艾米莉·勃朗特那种极端的性格,她的病态、羞涩和沉闷,就不难想到,这才是属于她自己的写作方式。

那么,有没有其他变通的方式呢?有,第一种方式需要作者拥有广博的生活知识,例如《米德尔马契》和《包法利夫人》的写法。我想,如果艾米莉·勃朗特也想到了这种写法,并用它来讲述这个无法无天的故事,她那种倔强而不妥协的个性一定会表现得更加惊世骇俗。只是这样做的话,她就不可避免地要讲到,希刺克利夫在离开呼啸山庄后的那些年里是通过什么方法让自己受到教育并且发了财的。她无法做到这件事,因为她缺乏这方面的生活知识。因此她只能像现在这样,要求读者接受这样一个既成事实。不管读者相信与否,反正她没别的办法。另一种方式是可以使用第一人称,比如说,让狄恩太太在"我"面前讲述这个故事。但是,我怀疑艾米莉·勃朗特生性的羞涩和敏感让她不敢这样做,她应该很害怕直接面对读者。因此,先让洛克乌德讲出故事的开头,再由狄恩太太把故事进一步展开,她自己却如戴着双重面具一般始终隐藏在幕后。为什么在讲述这样一个震撼人心的故事时，她会把自己隐藏起来呢？我想，这是因为她自己内心深处的东西在故事中不经意泄露了出来。她深入到自己寂寞内心的最深处，发现了许多不可告人的秘密，与此同时，一种创作的冲动又使她不得不把这些秘密遮遮掩掩地讲述出来，从而卸下心中的负担。据说，最初是她父亲经常讲起的那些爱尔兰神话故事点燃了她的想象力，还有后来她自己在比利时求学时读到的霍夫曼小说中的那些怪诞故事。后来回到家乡后，她仍然喜欢坐在炉边地毯上，搂着爱犬的脖子继续读霍夫曼的故事。

夏洛蒂·勃朗特曾经明确指出，尽管人们总是猜测小说里的某些人物在作者的现实生活中是有原型的，但实际上艾米莉并不认识这些人。我相信这是事实。我也相信艾米莉·勃朗特的灵感是来源于那位德国小说家[1]的神秘故事中某种契合她偏执性格的东西，但我认为，希刺克利夫和凯瑟琳这两个人物却是

---

1 指霍夫曼。

她从自己的灵魂深处找到的。对于那些次要人物,比如林顿和他的妹妹、恩萧的妻子以及希刺克利夫的妻子等(这些人物均因性格软弱而成为她蔑视的对象),倒可能是以她生活中认识的人为原型。关键在于读者总是不相信一个作家的虚构能力,他们不愿意相信作家完全可以通过自己大胆的想象力而凭空创造出人物。

按照我的想法,凯瑟琳正是艾米莉·勃朗特本人,她们一样任性而充满激情。同时,希刺克利夫也是她。她把自己的性格分开投放到两个主要人物身上,会不会有点奇怪?一点也不。因为没有一个人是完全统一的,我们每个人的内心都居住着不止一个人,这些人往往还是相互矛盾的。把自己拼凑起来的人物塑造成一个活生生的人,这便是小说家的独特能力。作为小说家,最大的不幸便在于不能赋予人物以生命,不管他的故事与人物对彼此多么重要,却和他本身毫不相干。一个以《呼啸山庄》这样的小说作为处女作的作家,她把自己当作小说主人公并不令人意外,在小说主题中表现出那种随心所欲的东西也没什么值得称奇的。这样的作品只是表现出了一种自由自在的梦想，在独自散步的时刻，抑或是彻夜不眠的时刻。他把自己想象成圣人或者罪人、伟大的情人或者奸邪的政客、勇猛的将领或者残酷的凶手。正因为我们大多数人的梦想中总有许多荒诞的东西，多数作家的处女作中也就难免会有很多无稽之谈。我想，《呼啸山庄》就是这样一种自白。

我觉得，希刺克利夫身上承载了艾米莉·勃朗特的全部梦想。她将自己的激愤、受挫的情欲、无望的爱与妒忌、对人类的憎恨和蔑视，以及她的残酷和虐待欲，全部赋予这个人物。夏洛蒂·勃朗特的朋友艾伦·纽赛曾提起过这样一件非同寻常的事："艾米莉总喜欢把夏洛蒂带到一些后者不敢去的地方。夏洛蒂天生惧怕牲口，艾米莉就偏带她去牲口棚，对她说这说那，只要夏洛蒂一感到害怕，就开始嘲笑她，并以此为乐。"在我看来，艾米莉·勃朗特正是以一种希刺克利夫的男性之爱来爱着凯瑟琳的，那是一种源于动物本能般的原始、纯粹的爱。当她化身希刺克利夫对凯瑟琳疯狂虐待，并按住她的头猛撞石板时，她一定在笑,正如她嘲笑夏洛蒂那样;同样,当她作为希刺克利夫猛扇小凯瑟琳的耳光,并对其破口大骂时,她一定也在笑;我想,每次艾米莉欺凌、辱骂和威吓自己笔下的人物时,一定浑身战栗,深感解脱,因为现实生活中的她既自卑又抑郁,总是认为自己在人们面前受到了羞辱。此外,我还认为,当她化身凯瑟琳时,可以说是扮演了一个双重角色,她一方面与希刺克利夫不断争吵,始终瞧不起他,当他是一个不祥之物;同时,她又打心底里爱着他,并为了能压倒他而感到欢欣,她觉得他们俩是真正的一对(如果我说得没错,"他们俩"是指艾米莉·勃朗特本人的两面,它们当然是天生一对)。正如虐待狂往往也有受虐倾向,凯瑟琳是被希刺克利夫的残忍凶狠和桀骜不驯深深吸引住了。

我已经说了很多了。《呼啸山庄》并非拿来供人讨论的书,它是一本供人阅读的书。发现小说里面的错处很容易。它是很不完善的,但它拥有只有极少数小说家才能给予读者的那种东西——力量。我不认为还有哪部小说能像《呼啸山庄》这样,将爱情的痛苦、迷恋和残酷如此执着地纠缠在一起,并通过这般惊人的力量描绘出来。它使我想起埃尔·格里科的一幅伟大的油画:乌云下是一片昏暗的荒芜原野,雷声隆隆,有行人拖着长长的影子在荒野里东倒西歪地跋涉,一种不属于尘世的气氛使画面变得恍惚,人们恍若窒息着。忽然,铅灰色的天空劈开一道闪电,是给画面增添神秘而令人恐惧的最后一笔[1]。

---

1 《托莱多风景》。

司汤达 | 1783.1.23—1842.3.23

司汤达其人与《红与黑》

在我看来,要想在有限的篇幅里,准确而恰当地描述亨利·贝尔(其笔名为司汤达)的一生,是不太可能的一件事情。他的一生太过复杂,要讲述清楚至少需要一本书的篇幅。想要准确理解他本人,还必须深入探究他所处时代的社会和政治情况,好在这样的书已经有人写过了。那些《红与黑》的读者,如果对司汤达本人感兴趣,想知道在我这有限篇幅里所能讲述之外的更多作者的情况,不如读一读马修·约瑟夫森先生最近出版的一本文笔生动、材料翔实的传记——《司汤达:对幸福的追求》。在这里,我只需稍微介绍一点司汤达的生平就可以了。

1783年,司汤达出生在格勒诺布尔,他的父亲是一名经纪人,颇有地位和财产,母亲是当地一位名医的女儿。在他7岁那年,母亲便去世了。

1789年,法国大革命爆发。1792年,路易十六和玛丽·安托内万特也被送上断头台。

司汤达对于自己的童年和少年生活有过详细的描述,我们有必要对此加以了解,因为他持续一生的一些偏见正是在那一时期逐渐形成的。在深爱的母亲——用他自己的话说,他是怀着情人般的爱去爱她的——去世后,他就由自己的父亲和姨妈抚养。他的父亲严厉且拘谨,姨妈则既严厉又虔诚,他很讨厌他们。他们属于中产阶级,一心想成为贵族,但大革命使他们的希望落空了。司汤达说过自己拥有一个不幸的童年,但仅从他自己描述的情形来看,好像并没有什么值得抱怨的事情。他聪明,好辩,很难接受管教。在格勒诺布尔实行恐怖统治时,司汤达的父亲被列入可疑分子名单,他把这件事归咎于一个与他生意有竞争的名叫亚马的律师。"但是,"他聪明的儿子却说,"不论你被列入反对共和国的可疑分子名单是出于何种原因,你确实是反对共和国的。"这的确是实话,却很难让人高兴起来,更何况这是一个有着掉脑袋危险的中年人从自己的独生子嘴里听到的话。司汤达指责自己的父亲吝啬、小气,可每次他有需要,总能从父亲手里弄到钱。同时,对于父亲禁止自己读的一些书,他也总有办法读到。这大概是书籍产生以来,许多孩子都曾遇到过的事。最惹他抱怨的是父亲不允许他和其他孩子一起玩,但考虑到他有两个姐姐,并且还有其他一起听课的男孩(他们都是同一个耶稣会教师的学生),他的童年应该没有自己所说的那样孤独。实际情况是,他的童年生活和当时许多富有的中产阶级家庭的孩子并没有什么两样。他也像那些孩子一样,把一般的家庭约束看作专制,一旦有人逼他去读书,或者不允许他做自己想做的事,他就感觉自己受到了不寻常的虐待。

虽然经历了相似的童年,司汤达与其他孩子的不同之处在于,他们成年后往往会忘记自己曾受到管制,他却直到53岁还对此耿耿于怀。因为憎恨那位耶稣会教师，他变成了一个激烈的反教权主义者，并且到死都不愿意相信教会中会存在真诚的人。由于自己的父亲和姨妈都是忠实的保皇派，他就热烈地拥护共和派。然而，在他11岁那年，有一天他从家里溜出去参加一个革命者的集会，却意外地倍感震撼。他看到无产者不仅破衣烂衫、浑身臭气，而且品行粗俗、满嘴脏话。"总之，我一直以来都这样想，"他后来写道，"我热爱人民，憎恶压迫他们的人，我却万万不能和他们一起生活，那对我来说简直是一种无法忍受的折磨……我过去——现在也依然——有着贵族倾向；我可以为了人民的幸福去做任何事情，但我不得不承认，要我和这些店主一起生活，我还是宁愿每月蹲两个星期的监狱。"司汤达的这番话很有趣，让人不禁想起那些在豪华客厅里遇见的、面容光鲜的年轻叛逆者。

司汤达16岁时第一次去巴黎。经父亲介绍，他到了亲戚达鲁先生那里。达鲁先生有两个儿子在国防部任职，长子皮埃尔掌管着一个司，不久后，他的表弟司汤达便成了他的秘书。在拿破仑向意大利发动第二次战争时，达鲁兄弟随军去了意大利，后来，司汤达也赶到米兰和他们会合。在秘书处工作了几个月后，皮埃尔派他去一个龙骑兵团。然而，司汤达早已爱上了米兰的快活生活，他并不想去骑兵团就职。于是，趁着皮埃尔外出时，他巴结了一个名叫米歇尔的将军，并成了他的副官。皮埃尔回来后，命令他到那个团里去，司汤达拖延了六个月，找尽了各种借口，等到不得不动身时，发现自己还是对那里厌恶至极，便索性以身体有病为借口放弃了那个职位。司汤达其实并没有去过战场，但这并不妨碍后来他在各种公开场合中吹嘘自己在战场上的英勇善战。1804 年，为了获得某个职位，他还曾写了一份证明书（由米歇尔将军签字），以此证明他确实在历次战斗中立下过赫赫战功。

回到巴黎后的日子，司汤达依靠父亲提供的只够日常开销的一小笔津贴维持生活。他有两个目标，一是想成为一名出色的戏剧诗人，为此他研读大量剧本，几乎每天都去剧院看戏，并在日记里记录自己的观感。后来，人们发现他在日记里反复谈论的是如何把他看过的戏剧改写成他自己的剧本。从这里不难看出,他缺乏构思剧情的才能,也注定很难成为一个诗人。司汤达的第二个目标是成为伟大的情人,然而在这方面,老天爷并没有给他很好的条件。他身材矮胖,其貌不扬,上身肥圆,双腿短粗,大脑袋,一头黑发;他的嘴唇不厚,鼻子却肥大而突出;只有一双褐色眼睛显得炯炯有神,手和脚也很纤细,皮肤像女人一样细嫩。为了显示自己的风度,他经常携带着一把佩剑,摆出一副神气凛凛的样子,事实上,他是一个很羞怯的人。经他的表兄马歇尔·达鲁(皮埃尔的弟弟)介绍,他才得以经常出入一些贵妇人的沙龙。趁大革命之机,这些贵妇人的丈夫发了财。遗憾的是,司汤达说话结巴,不善交际。虽然脑中经常有一些不错的点子,却没有勇气说出口,这让他显得颇为尴尬。他对自己的外省口音很是恼火。也许是为了矫正这一点,他去了一所戏剧学校,并在那里结识了一个叫美拉妮·居利贝尔的女演员。女演员比他大两三岁,经过一段时间的考虑,他还是和她相爱了。他犹豫的原因是不确定她是否真的爱他,另一方面他怀疑她患有花柳病。打消了这两方面的疑虑后,两人一起去了马赛。美拉妮需要去那里履行一份演出合同,在这几个月的时间里,司汤达在一家杂货批发铺里做临时工。经过一段时间的相处,他还是发现,无论在气质上还是在智力上,美拉妮都不是他想要的那种女人,因此在后来她由于缺钱而返回巴黎时,他感到如释重负。

我没有足够的篇幅详谈司汤达一生中的多次恋爱事件,只能挑其中的两三件来说,以期让读者更好地了解他的性格。他是有情欲的,但不是特别强烈。事实上,人们曾一直怀疑他性冷淡,直到他后期写给一个情妇的那些内容相当色情的信件被发现。他的情欲比较理智,和性的需求相比,很多时候他寻找女人只为满足虚荣心。他虽然擅长高谈阔论,但没有迹象表明他对向女人献殷勤这件事也得心应手。他曾坦率地承认自己的大多数恋爱是不幸的,很显然,这是他过于优柔寡断的性格所致。为此,在意大利的时候,关于如何赢得女人的欢心这一问题,他甚至专门请教过一个同僚,并认真地记下了对方的忠告。他刻板地去向女人进攻,正如当初他按部就班地写剧本那样。当她们觉得他滑稽可笑时,他感到无比沮丧。他搞不清楚为什么她们总是认为他没有诚意。对于这一点,他虽然聪明过人,却始终不知道理智的语言只会使女人退避三舍,她们需要的是有感情的语言。只有靠感情才能赢得女人的欢心,他却错误地以为这要靠策略和计谋。

和美拉妮·居利贝尔分手后,又过了几个月司汤达也回到了巴黎。靠着表兄皮埃尔·达鲁的关系,他又在军粮部谋到一个职位,并被派往布伦斯威克。这时的他,已不再想当一个杰出的剧作家,而是决定真正开始他的仕途生涯。他一心想要当薪俸优厚的省长,并以帝国的贵族和荣誉军团的骑士自居。尽管他热烈地拥护共和派,认为是拿破仑称帝剥夺了法兰西的自由,他却又致信父亲,要他为自己买一个爵衔。他自称亨利·德·贝尔,在自己的姓氏前加上了贵族专用的"德"字。作为一个官员,他是有头脑、有能力的。1810年,他得到擢升,奉命回巴黎在残废军人院任职。他获得了两匹马和一辆双轮轻便马车,还有一个车夫和一个男仆。不久之后，他和一个歌剧院合唱队的女演员同居，但这并不能满足他，他认为自己需要一个他真正深爱的情妇，同时她还得身份显赫，能增添他的荣誉。他发现皮埃尔·达鲁的妻子亚历山德拉·达鲁最为合适，此时的皮埃尔·达鲁已是伯爵，他的妻子便是伯爵夫人，尽管亚历山德拉已是四个孩子的母亲，但与丈夫比起来，她仍旧年轻貌美。司汤达一点也没有考虑过表兄达鲁对他的友善和长期以来的照顾，勾引他的妻子是既不符合策略又不体面的事，他把自己的发迹和荣耀看作命运的恩宠。他从来不懂得世上还有感恩这样一种美德。

就这样，司汤达拿出了自己在爱情方面的全套谋略发动进攻，但是他性格中那种倒霉的犹豫不决始终妨碍着他。他时而活跃，时而悲伤，时而轻佻，时而冷静，时而激昂，时而淡漠，但这一切都显得那么无济于事，他始终不明白女主人到底爱不爱他。有时，他甚至怀疑她在背后嘲笑他扭捏作态，并为此觉得羞耻。最后，他向一个老朋友诉说了自己的苦恼，并问他有何良策，两人一起商量这件事。他的朋友提问，他作答,并由朋友把问答记录下来。以下的内容便是马修·约瑟夫森写《司汤达传》时整理出的问答详情:"勾引B太太(他们用'B太太'来称呼达鲁夫人)有什么好处吗?""好处如下:勾引者的欲望将得以发泄;他能从中获得社会利益;他能进一步从事对人类情感的研究;他将满足自身的自尊心和荣誉感。"司汤达还在那份问答记录中附加了一条注释:"最好的建议:进攻!进攻!进攻!"这主意确实不错,但前提是他得克服自己的羞怯,否则很难实行。几个星期以后,司汤达应邀去柏希维勒村达鲁的乡间庄园做客。临行前一晚,他彻夜未眠。第二天一早,他下定决心发动最后的进攻。他穿了自己最好的条纹裤出发了,达鲁夫人见到后还对他的裤子称赞了一番。后来两人一起漫步于花园,身后约20米外跟着的是达鲁夫人的一个朋友以及她的母亲和孩子们。他们来回散步,司汤达感到无比紧张,始终下不了决心。最后,他心中选定前面的一个地方A,把自己此刻脚下站立的地方当作B,他暗暗发誓,如果走到A时他还没有表明自己的爱意,他就得去自杀。终于,他开口了，他紧紧握住她的手，想去亲吻它。他对她说，他已爱了她整整 18 个月，他尽自己最大的努力将这些咽在肚子里，甚至打算从此不再见她，可他实在无法忍受这爱的痛苦。对此，她回答说——态度很友善地——她对他的感情仅限于友谊，里面没有掺杂其他成分，何况她无法对自己的丈夫不忠。说完后，她便转身招呼后面的人来和他们会合。就这样，司汤达的柏希维勒战役失败了。相比他的感情，他的虚荣心受到的伤害更深。

过了两个月，司汤达依然沉浸在痛苦中不能自拔，于是他申请去米兰度假。第一次去意大利时，他便喜欢上了米兰这座城市。10 年前，他在米兰迷上过一个名叫吉娜·皮特拉鲁阿的女人，那是他一位同僚的情妇，但那时的他只是个副官，身无分文，甚至没能引起她的注意。他想，这次去米兰一定要拜访一下她。她的父亲开了一爿店铺，在她还很年轻的时候，就将她嫁给一个政府公务员。现在她已经 34 岁，儿子也有 16 岁了。司汤达见到她，发现她依然是一个"高大而美丽的女人"："眼睛、表情、眉毛和鼻子上,依然流露着一种高雅的气质。我觉得她虽然比年轻时(他补充说)少了些娇艳的风姿,但变得更聪明、更高贵了"。以她丈夫那点微薄的薪资,她却能在米兰拥有一套房子,而且在乡间有一幢别墅,有仆人,在斯卡拉剧院订有包厢,还有一辆四轮马车。她的确是够聪明的。

对于自己相貌丑陋的事实,司汤达心里很清楚,为了弥补相貌上的不足,他决定打扮得漂亮点、时髦点。他那本就圆胖的身材,在生活优裕后变得更加肥胖。但他已不再关心这些,他只需要口袋里有钱,能穿漂亮的服饰。他认为比起自己当年当龙骑兵时的穷酸样,现在想要取悦那些高贵的夫人,显然更有把握。于是,他决定利用在米兰逗留的这段时间让她成为他的情妇。事实上,她并不如他预想的那样顺从他的意愿。他为此费尽周折,在离开米兰去罗马的前夕,她终于答应让他在某天上午到她家里拜访。可以想象到的是,那天发生了怎样辛苦的求爱,司汤达在那天的日记中这样记述道:"9月21日11点半,我终于赢得渴望已久的胜利。"他甚至把那天的日期记在自己的吊袜带上。有意思的是,就跟当初向达鲁夫人求爱时一样,那天司汤达仍穿着条纹裤。

1812年,司汤达费了一番力气,总算说服达鲁伯爵,将自己调离巴黎的闲职,派到军粮部的现役军职上去。他跟随着拿破仑的大军参加了远征俄国的那场灾难性战争。在撤离莫斯科的途中,他表现得沉着冷静而英勇善战。1814年,随着拿破仑退位,司汤达的仕途生涯就此结束。据他后来讲,他宁愿流放也不愿效力于波旁王朝,为此他拒绝了好几个重要的职务。可事实上,他曾宣誓效忠波旁王朝,只是为了千方百计地重返政府机构任职。眼看所有努力将付诸流水,他才不得不回到米兰。司汤达仍然有钱住豪华舒适的公寓,有钱随意去歌剧院看剧,但他早已失去之前拥有的职位、声望和金钱。吉娜对他变得冷淡了。她说,自从自己的丈夫知道他重返米兰后,嫉恨不已,她的其他爱慕者也都对她疑心重重。她请求司汤达考虑她的名誉,离开米兰。司汤达心里明白,这只不过是她想离开自己的说辞,她越是这样,他反而越是热情激昂。为了重新赢得她的爱,司汤达想到一个办法：他筹措到三千法郎，并将这笔钱交给她。她这才同意随他一起去威尼斯，但要求她的母亲、儿子以及一个中年银行职员和他们同行。到了威尼斯后，她让司汤达住到另一家旅馆，说是为了顾全面子，更加令人恼火的是，不论他怎样表示自己的厌恶，银行职员却老是不识脸色地跟着他们。他实在想不通那家伙有什么权利那么做。下面的日记记述了他当时的话，原本是用英语写的："她摆出一副来威尼斯是给足我面子的架势。我真是蠢到家了，砸三千法郎就为了这样的旅行。"然而十天之后，他却写道："我得到了她……不过她还和我谈到了经济安排。就在昨天上午，这绝不可能是错觉。我的情欲全让政治给磨灭了，我的精液一定是抽到脑子里去了。"

1815年6月16日，随着拿破仑在滑铁卢战败，司汤达一行人于秋天回到米兰。吉娜把他安排在一处偏僻的郊区。每次想和吉娜幽会，他需要在深夜里换几次马车，确保无人跟踪，到达她的住所后，经侍女带领进入她的房间。不久后，也许是因为和女主人闹矛盾，又或许是被司汤达收买，总之侍女向司汤达说明了事实真相，他不禁大为光火。原来，为防止司汤达遇到她的其他情人，吉娜故意把一些事情说得极为神秘，事实上根本没有什么丈夫的嫉恨，准确地说，吉娜的情人实在很多，而司汤达不过是其中之一。这位侍女甚至建议司汤达去证实自己所言非虚。第二天，她安排司汤达藏在紧挨吉娜房间的一个壁橱里，透过一个钥匙孔，他亲眼看见了在离自己只有三英尺的地方，她对他的背叛行为。

"你是不是以为我会冲出壁橱拿匕首捅死那对男女？不会的，那不可能，我和进壁橱时一样，悄悄地溜了出去，心中只觉如此冒险实在可笑。我看不起自己，更鄙视吉娜，我为自己重获自由而感到欣慰。"司汤达说。

1821年，司汤达被奥匈帝国警察当局逐出米兰，理由是他和某些意大利爱国者有联系。随后他来到巴黎，在往后9年的大部分时间中，他住在那里。这期间，他又谈过一两次乏味的恋爱。他习惯在一些清谈家举办的沙龙里消磨时光，不再笨嘴笨舌，尤其是在十来个人聚到一起高谈阔论的时候，他变得机敏又刻薄，正如许多健谈者那样，喜欢垄断谈话，喜欢发号施令，喜欢不加掩饰地蔑视与自己意见不合的人。他常常放肆地说些淫秽不堪的话，只为哗众取宠。很多看不惯他的人说，为了取悦和刺激听众，他只会滥用幽默。紧接着发生了1830年革命，查理十世流亡国外，路易·菲利普登上王位。在差不多花光父亲给他留下的微薄财产后，司汤达重拾最初的理想，立志做一个伟大的作家，然而他为文学付出的努力既没有带给他钱财，也没有带给他名声。他的《论爱》一书早在1822年便已出版，可在随后的11年里只卖掉17本。他曾经想到政府部门谋个职位，最终还是没能如愿。后来，随着政治形势的转变，他被派遣到意大利的里雅斯特当领事，由于他同情自由派，奥匈帝国拒绝接受他的领事任命。于是，他只好被转派到教皇治下的奇维塔韦基亚城当领事。

由于领事工作很轻松，司汤达经常会外出短途旅行。孤身一人在奇维塔韦基亚城，他觉得甚是厌烦。对于旅行，他向来不知疲倦，也正因为旅行，他得以在罗马结识了不少好朋友。51岁那年，司汤达向一个年轻姑娘求婚。她的母亲是他的洗衣妇，父亲是受雇于领事馆的一名圣方济派的修道士。即便如此，他的求婚仍然被拒绝了，这使他感到无比屈辱。1836年，他说服外交大臣找人暂代他的领事职务，自己去巴黎任职三年。那时候，他已是一个肥胖的老人，红脸，留着一把染了色的大胡子，他的头发脱光了，不得不戴一顶紫褐色的假发来掩饰秃顶。他的衣着仍然像他年轻时一样时髦，只是他的外套和裤子式样总会引人议论纷纷，这常常使他感到难堪。他还会到处求爱，但几乎都遭到拒绝；他还会去参加宴会，滔滔不绝地说话。最后，他被外交部责成返回奇维塔韦基亚城续职，两年后，他在那里中风了。在身体痊愈后，他又要求休假，去日内瓦求教一位著名医生。从日内瓦出发，他又去了巴黎，过着以前那样的生活。1842年3月，司汤达在出席外交大臣的一个大型官方宴会后，于夜里散步返回住所，在林荫道上再次中风，并在被送回住所后的第二天离开人世。

　　我谈到的这些关于司汤达的事实毫无掩饰的成

分。只要稍加思索便不难发现，司汤达的一生可以说动荡不安，其人生经验比其他许多作家都要丰富。确实，司汤达生活在一段个人和社会都发生着巨大变化的历史时期，在自己个性所容的范围内，他获取了广泛的人性知识。但是，在观察同时代的人与事时，观察者目光再敏锐，也难免受自身个性的限制，司汤达必然也有许多局限。当然，他有着自己的优点：机敏而感性，个性稍显怯懦，但极具天资，勤奋，具有卓越的创造力，也善于与人相处。然而，他也有着明显的性格缺陷：抱有荒谬的偏见，而且总是眼高手低；他多疑（也因此容易受骗），狭隘，苛刻，不谨慎，极度自负，又有极强的虚荣心；他沉迷肉欲且品位粗俗，行为放荡却又缺乏激情。这些我们所知道的缺陷，都是他自己告诉我们的。司汤达算不上职业作家，甚至不是一个文人，可他从不停止写作，并且几乎都是在写他自己。他有记日记的习惯，也因此留下了大量的生活片段，而且他写日记并非为了出版。他在 50 多岁时写了一部 500 页的自传，只写到他的 17 岁时就停止了。尽管到他去世时这部自传仍未定稿，他却是准备出版它的。他在书中编造了一些事情以美化自己，不过整体来讲，他还是诚实的。他写了许多细节，甚至有不少地方一再重复，显得冗长、沉闷而难以阅读，但我认为读过这部自传的每一位读者都应该扪心自问：如果像他这样诚实地暴露自己，我们能写得比他好吗？

只有两家巴黎的报纸对司汤达去世的消息做了报道，看起来，他很快就要被公众彻底遗忘。在他生前的两个老朋友的努力下，一家大出版社终于出版了他的主要作品，若非如此，司汤达可能就真被人遗忘了。然而，尽管当时颇有影响力的批评家圣·伯甫专门为司汤达写了两篇评论，公众仍然对他保持冷淡。等他的作品受到广泛阅读，已是下一代人的时候了。司汤达从未怀疑自己的作品不会流芳百世，但按照他的预计，要到 1880 年甚至 1890 年它们才会得到应有的评价。很多遭受同时代人忽视的作家都会这样自我安慰，说后人会承认他们的成就。遗憾的是，这种事极为罕见。后人实在粗心大意，也实在过于忙碌，他们只会着眼于那些已经取得成功的作品，无暇关心过去被埋没的文学。因此,一个生前默默无闻的作家,在死后被人发现的可能性极其渺茫。司汤达是幸运的,他的幸运归功于一位教授。这位教授没有什么名气,以至于他的生平已不可考,人们只知道他曾经在法国高等师范学校讲课时大加赞赏司汤达的作品。更为幸运的是,学生中间有一些日后出了名的聪明的年轻人,他们在教授的推荐下阅读了司汤达的作品。在发现作品中有许多和自己这一代年轻人不谋而合的想法后,他们很快成为司汤达的狂热追随者。希普里特·泰纳是这些学生中最有才华的一个,多年以后,他成为一名颇有影响力的理论家,写过一篇盛赞司汤达的文章,称司汤达为从古至今最伟大的心理学家。也就是从那时起,人们撰写大量评论、研究司汤达的文章,直到今天,他已被普遍认为是19世纪法国三大小说家之一。

司汤达凭借《论爱》和另外两部长篇小说出名,其中《巴玛修道院》可读性应该更强,小说塑造的人物形象也富有魅力,里面对滑铁卢战役的那段描写称得上脍炙人口。但是,小说《红与黑》更加激动人心，更具独创性，也更加深刻。正是由于《红与黑》，左拉称司汤达为自然主义之父，布尔热和安德烈·纪德则（不正确地）称其为心理小说的创始人。《红与黑》的确是一本令人惊叹的书。

相比关注他人，司汤达显然对自己更感兴趣，他的小说常常将自己作为主人公。《红与黑》中的于连就是司汤达一直想成为却又无法成为的那种男人。在他笔下，于连是那种极令女性着迷的男人，她们一见到他就神魂颠倒，这正是司汤达自己从来不曾有过却一直想拥有的魅力。在生活中，他设计的那些方案无一不宣告失败，在小说中，他却让于连一次又一次赢得女人的爱情。他把于连塑造成一个口若悬河的健谈者，可他很聪明地只是赋予于连这样一种能力，却从不具体写到他谈论的内容。他把自己的好记性、勇气、羞怯、自卑、野心、敏感、心计、多疑、虚荣、易被冒犯等性格特点，以及肆行无忌和不知感恩的行为特征，通通给了于连。我想，从来没有哪个作家会像司汤达这样，把自己的全部性格赋予笔下人物的同时，又描绘出这样一幅可鄙、可恶、可憎的人物肖像。

令人不解的是,除了滑铁卢战役(其实他并未参战),司汤达的小说中好像从未写到他为拿破仑效力时的从军经验。人们原以为司汤达完全可以从中提炼出某些主题来,因为他毕竟是那些历史事件的目击者。他为什么不这样做呢?我们不难记起,最初司汤达想写剧本时,习惯从自己看过的戏剧中寻找题材,他从来都没有虚构故事的天赋。包括《红与黑》的故事原型,也是他从曾经轰动一时的刑事案件的相关报道中提取的。我一般不会在评论小说时谈及小说的故事来源,但关于《红与黑》,我觉得有必要介绍这方面的情况。司汤达借用了这样一个案件:神学院学生安东尼·伯尔岱在一个叫 M.米舒的人家里当家庭教师,后来又到一个叫 M.德·高尔东的人家里做牧师。在第一户人家中,他企图或者说确实勾引了米舒太太,到了第二户人家,他又勾引了高尔东的女儿。正因如此,他被主人辞退。此时的他声名狼藉,想回到神学院去,却没有神学院愿意接受他。在走投无路之时,他把怨恨发泄在米舒一家人身上。他在教堂枪杀了做礼拜的米舒太太，随后自杀，自杀未遂后又受到审判。尽管在法庭上，他为了给自己开脱，试图把所有的罪责都推到不幸的米舒太太身上，但最后，他还是被判处死刑。

司汤达正是被这一丑恶而卑劣的刑事案件所吸引，在他看来，伯尔岱的行为是一种"美好的罪恶"，是一种反叛性个体对社会规则做出的反抗。为赋予事件更加重要的社会意义，他在小说中拔高了受害者的身份，同时也将主人公于连塑造得比现实案件中的伯尔岱更加聪明，更有个性，更加勇敢。这个故事令人厌恶的本质没有改变，主人公于连也仍是个卑劣的人物，但是在司汤达笔下他变得非常生动，小说也极富深刻意义。作为一个出身贫寒、阶级低下的孩子，于连对那些出身于特权阶层的人满怀嫉恨——无论在哪个时代，这都算得上一个具有典型意义的人物。我们只需看看司汤达对他的描写，便能建立起对于连的初印象："他大概十八九岁，文弱而清秀，面貌却不同寻常。他的鼻子如鹰嘴，眼睛又大又黑。在安静的时候，他的眼中射出火一般的光辉，又好像在深思熟虑或探寻什么,可在转瞬间,他的眼睛又流露出令人害怕的仇恨的目光。他深栗色的头发垂得很低,只露出一点额头,他一生气,便显得他性情很坏。……他的身材修长匀称,与其说是有活力,倒不如说是轻盈。"

这不算一幅优美的画像,尽管它足够出色,这样的描写一开始就不打算让读者对这个人物产生好感。一般情况下,作者都希望读者能够同情自己小说的主人公,但既然司汤达的小说主人公选择了一个恶棍,从一开始他就得小心,以免引起读者对人物的过分同情。另外一点,为使读者对人物产生兴趣,他又不能让人物引起读者的过分厌恶。因此,他不厌其烦地描写于连的眼睛如何漂亮,身形如何优雅,以及双手又是如何精巧,作为对刚才那一番描写的补充。他不停地告诉读者,于连确实长得很漂亮,同时他也一直提醒读者注意于连引起的周围人对他的反感,提醒读者注意到所有人——除了那些从未相信过他的人——对他其实也都充满怀疑。

听于连授课的那几个孩子的母亲,德·瑞那夫人的美好的性格画像最难描绘。作为一个好妻子、好母亲、好女人，她足够迷人，且富有德行，为人真挚。关于她如何与于连产生爱情，以及两人爱情的增强，包括这期间的恐惧和犹豫，抑或爱情如何燃烧成激情，这一系列的描写都相当出色。她是小说中最动人的一个形象。然而，对于出身高贵的玛蒂尔德·德·拉·莫勒，司汤达的描写却显得不太可信。由于他未曾对上流社会有过深入的了解，他不知道受过良好教育的人会有怎样的行为举止，便以为出身高贵的人永远是高贵凛凛的。那只是暴发户的理解。他把德·拉·莫勒小姐的傲慢当作贵族气派，这其实是粗俗，她一系列的行为描写都显得不合情理。

对夏多布里昂引起，后被数以百计的二流作家拼命模仿的浮华风格，司汤达感到极为厌恶。他的表达极尽朴实，只为准确地说出非说不可的话，从不擅虚饰，不用浮华的辞藻，也没有任何形式化的赘语。他说（也许并不十分真实），他在每次动笔前都要阅读一页罗马法典以保证自己用语的纯正。他刻意避免当时的流行写法，摒弃那些对环境和衣着装饰矫揉造作的描写。他出色地运用一种冷静、清晰而富有控制力的文体,以增强故事的感染力,使它更加引人入胜。我对那些关于于连在德·瑞那家里和在神学院里的章节推崇备至,然而,小说场景转到了巴黎和德·拉·莫勒府邸时,那些描写变得有些不可信。我无法容忍不真实的描写和空洞乏味的情节。当时,浪漫主义方兴未艾,司汤达虽然以现实主义风格著称,有着自己纯正的鉴赏力,对于 18 世纪的写实文学也很欣赏,但还是难免受到整个时代氛围的影响。在意大利文艺复兴时期,有些人为了实现野心和满足欲望,或者为了荣誉和复仇,无视道德,无所不用其极,即使犯罪也在所不惜。司汤达对这些人很崇尚,崇尚他们所谓的坚强意志,以及他们对习俗的蔑视和对自由灵魂的追求。出于作者这种对传统浪漫倾向的推崇,《红与黑》的后半部写得有些荒诞不经。

小说中,于连通过伪装、欺骗和自我克制的手段即将实现他图谋已久的野心时,司汤达犯了一个大大的错误(我只能这么说)。我们从一开始便得知,于连聪明绝顶又极其狡猾,但到了后面,司汤达为了让德·莫勒侯爵同意将他的女儿嫁给于连，竟然让于连到德·瑞那夫人处求取品行鉴定书。这怎么可能？于连早知道德·瑞那夫人曾被他伤得很深，对他满怀恨意，除了泄恨，她是不会为他做任何事的。当然，她也可能仍然爱他，这样她更加不会促成他和另一个女人结婚。我们知道德·瑞那夫人是一个诚实的女人，于连也应该想到，她会把如实揭露他的丑行当作自己的责任。事实上，她正是这样做的。她写了一封信，信中坦率地揭露了他的真实丑行。于连既没有否认，也没有辩解（比如，将其归咎于一个因被抛弃而愤怒的女人的捏造），而是带着手枪赶到她的住所，并向她开了枪。司汤达对此没有做任何解释，也许这是于连的一时冲动。我们知道司汤达很赞赏感情冲动的行为，认为这是激情的表现，这没什么问题，问题在于，小说伊始，于连的性格力量就表现在极强的自我克制能力上。他身上的各种感情从来没有支配过他，如妒忌、仇恨、骄傲和虚荣，就连情欲——这些情感中最强烈的一种——也从未战胜他想要实现野心的阴谋。然而，在一本小说的紧要关头，于连却做出了最致命的事情，他的行为完全背离了自己的性格。

司汤达对《红与黑》的故事构思紧跟着安东尼·伯尔岱的案情，并且一跟到底。然而，有些事他没有注意到。首先，于连已经被塑造成了一个和原型伯尔岱完全两样的人。其次，伯尔岱满怀怨恨地枪杀米舒太太，只因他认为是她毁掉了他的前程，反观于连，这种怨恨毫无依据。如果的确是德·瑞那夫人破坏了他实现勃勃野心的希望，那也只能归咎于他自己做的一些蠢事，可是按他的性格，这些蠢事原本不会做的，他完全可以用自己更拿手的方法去应对，没有必要造成现在这种令人费解的错误结果。事实上，司汤达似乎缺少这种创造才能，他无法设计出一个使读者更加信服的小说结尾。然而，话说回来，没有一部小说是十全十美的，除了小说作者有缺陷之外，小说这一体裁本身也存在缺陷。无论如何，不能否认《红与黑》仍然是一部极其成功的小说，你一定会在阅读它的过程中获得一种独特的享受。

巴尔扎克其人与《高老头》

一

在所有为世界精神财富添砖加瓦的伟大小说家中，我以为其中最伟大的一个就是巴尔扎克了，他毫无疑问是个天才。有的作家是以那么一两本书成名的，可能是由于他们的某几部作品表现出了恒久的价值，也可能是因为作者的某种基于独特经历或乖张性格的灵感，恰好在他的某几部书中表现了出来。然而他们很快便才思枯竭了，纵然之后又写出了作品，大多也不过是重复罢了。著述丰硕是作为伟大作家的一个十分重要的特点，巴尔扎克便是如此，他的作品可

巴尔扎克 | 1799.5.20—1850.8.18

以说多得惊人。他的这些作品整整贯穿了一个时代的生活，而他作品所涉猎的领域则如同他的祖国一样广阔。他在人性知识上造诣极深，仅有少数几个方面可能稍有不足，比如在贵族社会、城市工人和农民等方面，他的了解就比不上对医生、律师、职员、记者、店主和乡村牧师等中产阶级那样熟稔。和所有小说家一样，他在表现罪恶上强于表现德行。他既有精准而细腻的观察力，亦具备非比寻常的创造力，仅看他所创造出的人物数量就足够让人叹为观止了。

不过，我确定他不是一个很有趣的人。他的性格没有多少复杂之处，既不会表现出让人困惑的矛盾，也不会故设一些难以言说的微妙。他实际上极其单纯，甚至都不好说他是否聪明。他的思想或许看起来有些平庸而肤浅，然而他的创造能力是非凡的，就好像是某种自然力量一般，像滚滚的洪水汹涌地冲垮堤岸，淹没一切；又或是像呼啸而来的飓风，咆哮着刮过宁静的乡村和喧哗的城市。巴尔扎克身为一位描画社会的画家，其独特之处在于，他不仅像所有小说家那样（当然，纯粹写冒险故事的小说家除外）关注人与人之间的联系，也注重观察人与社会之间的联系。

大多数小说家只会选取一小批人进行描写（有时不过两三个人），就像是用放大镜把他们放大了。这种方式确实会制造出较强烈的效果，不过嘛，这也常会带给人一种造作的虚假感。一个人除了个人生活，还得有与其他人一起的社会生活。某个人在个人的生活中或许扮演的是主角，但在与他人相处时，他可能会是重要角色，也可能是微不足道的配角。就像你去理发店理发，这也许是一件小事，它却可能会是你或者理发师的人生转折点之一。巴尔扎克深刻地领悟到了这一点，并在生动而逼真地描绘万花筒般的生活、生活中的混乱、误解和造成重大后果的巧合上面极具天赋。我想，他应该是小说家中第一个注意到人们生活中的经济情况的重要性的。他并不片面地认为金钱是一切罪恶的根源，相反，他觉得对金钱的渴望和贪婪的欲望正是人类行为的主要动力。他在作品中描绘了一个又一个人物狂热地迷恋着金钱，永远是金钱。他们追求过上一种奢靡荒淫的生活，漂亮的住宅、马匹还有情妇通通都在其中，为了获得这些所使用的一切有用的手段在他们看来都是正当的。这当然是一种庸俗且无趣透顶的生活目标，可惜的是，相比巴尔扎克的时代，我们如今的时代也没好多少。

巴尔扎克成名时年方 30 岁，若你那时碰到他，会看到一个微微发胖的矮个子，因为双肩魁梧、胸脯厚实，所以看上去又并不显得矮小。他有着像公牛一样粗而白的脖子，与红红的脸膛、总是带着微笑的又厚又红的嘴唇恰成对照；他那笔挺的鼻子上有两个大大的鼻孔；额头很高，向后梳理的一头浓密黑发就像狮子的鬃毛；有着金色瞳孔的棕色眼睛炯炯有神，很有魅力，正是这一点掩饰了他相貌中的一点粗俗。他常有着愉快舒展、乐观随和的表情，加上他精力十分充沛，所以和他在一起的时候精神上总会感觉到舒服爽快。再往下，你或许就会注意到他那双标致的手，这颇让他为之自豪。它们就像主教的手，小巧，肥胖，白皙，指甲呈玫瑰色。如果在晚上碰到他，你很可能就会看到他披着镶有金纽扣的蓝色上装，搭配着白色细麻布内衣、黑裤子和白背心，脚穿透孔黑丝袜和漆皮鞋，手戴黄色手套。若是在白天碰到他，你一定会惊讶地发现,这时的他身穿一件皱巴巴的旧上衣,裤子沾满泥点,皮鞋脏兮兮的,头上还戴着一顶破帽子。

他那个时代的人普遍认为,这一阶段的巴尔扎克还保留着十分的天真和稚气,很讨人喜爱。乔治·桑就曾说过,他老实起来近乎羞怯,自信起来又近乎吹牛,他既豪爽,又温厚,还带着几分古怪。他不喝酒,是个工作狂,既感性又很理智,既沉浸于幻想又常讲究实际,既轻信又多疑,有时很好打交道,有时又令人费解。

二

巴尔扎克祖上是农民出身,曾以巴尔沙为姓,不过他的父亲是位手腕厉害的律师,大革命之后开始一飞冲天,随即改姓巴尔扎克。老巴尔扎克后来娶了一位女继承人,生了四个孩子,其中大儿子即日后的小说家奥诺雷·巴尔扎克。他于1799年生于图尔,老巴尔扎克那时正在当地的一家医院做管理员。在度过了几年调皮捣蛋的学校生涯后,奥诺雷·巴尔扎克被父亲送去了巴黎,然后进了一家律师事务所实习。三年后,他通过了律师资格考试,却拒绝了父母让他将律师作为终身职业的建议。他想当一个作家,家里因此而爆发了一场可怕的争吵。最终,尽管母亲仍没改变反对的态度(她的严厉和功利让他此后一直都不喜欢她),父亲却让步了,答应给他一次机会。他开始了在外的独立生活,从父亲那儿只能得到勉强糊口的津贴,他决心试试自己的运气。

他很快就写下了自己的第一部作品,是关于克伦威尔的悲剧。他在全家人面前念了自己的剧本,可惜被一致认为毫无价值。他随后又把剧本寄给了一位教授,教授回复他:从这个剧本来看,只要他想,这位作者可以做任何其他的事,但就是不适合搞创作。巴尔扎克遭到此打击后既气愤又失望,他就此下定决心,既然当不了一个悲剧剧作家,那就去当个小说家。之后,他创作了两三本小说,字里行间都在模仿瓦尔特·司各特、安·雷特克利夫和拜伦。不过家里人认为既然他的写作尝试已告失败,就该搭乘第一班公共马车回家。那个时候老巴尔扎克业已退休,全家住在离巴黎不远的一个叫维巴利西的小镇上。

有个三流作家朋友前来看望巴尔扎克,他怂恿巴尔扎克另写一部小说,巴尔扎克听取了他的意见。就这样,一系列粗制滥造的东西从他的笔端源源不断地产出,有独自创作的,也有与人合写的。其间,他给自己取了各式各样的笔名,所以没人知道他仍在写小说。1821年至1825年,没有人能说清巴尔扎克到底创作了多少部小说。有权威人士站出来表示,总数足有50本之多。这些作品以历史小说为主——因为当时司各特的声誉正如日中天,巴尔扎克显然是想跟个风。不过,尽管这些作品对读者来说没什么阅读的价值,对他自己却十分重要,正是通过这样大量的练习,他明白了写小说的要点。情节必须跌宕起伏才能吸引读者,还要选取人们最关心的主题,或是爱情,或是财富,或是荣誉和生命价值。也或者,巴尔扎克从中懂得了,要使作品获得读者的青睐,自己就必须保持住激情,不管这种激情显得有多么浅薄、轻浮乃至矫揉造作,但只要这种情感足够强烈,那么读者免不了会被作者所打动。

在巴尔扎克全家还住在维巴利西镇时,邻居柏尔尼夫人曾和巴尔扎克很相熟。那时,她年方45岁,父亲是一位德国音乐家,为玛丽·安托瓦内特服务过。她的丈夫是个病秧子,而且脾气暴躁。她和丈夫生有八个孩子,另外还和情人生了一个私生子。这样一位夫人很快就和巴尔扎克变成了朋友,之后关系一度升为他的情妇,但直到14年后她去世,两人一直是朋友。这种关系在外人看来不免有些奇怪:他像是对待情人一样地爱她,同时又从她那里获得了足够的以前缺失的母爱。所以,她不仅是他的情人,同时还应该算是他最忠实的朋友,只要他有需要,她总能无私地给予他忠告、鼓励、帮助和爱。

这件风流韵事在小镇上传开了,随后流言四起,巴尔扎克的母亲知道后,自然竭力反对儿子和一个年纪都快赶上她的女人搅和在一起。再者说,当时巴尔扎克写的书一分钱都没挣到,前途问题也让她伤透了脑筋。之后,有位朋友建议巴尔扎克去经商,巴尔扎克听后,觉得正中下怀。柏尔尼夫人随即慷慨解囊，拿出 4.5 万法郎交给他，他找了两个朋友作为合伙人，一同做起了出版、印刷和铸字的生意。巴尔扎克并没有经商的才能，加上他花起钱来大手大脚，经常把个人的账务，例如支付给裁缝、鞋匠、珠宝商甚至洗衣工的钱都记在公司账上。就这样不到三年，公司被迫停业整顿了，巴尔扎克也欠下了高达 5 万法郎的外债。这笔钱最后还是由他的母亲偿还掉的。这段堪称灾难的经历让巴尔扎克通晓了许多特殊的商业经营方面的知识，也懂得了许多人情世故和社会交际方面的东西，所有这些知识都成为他往后的小说创作中的重要财富。

三

生意失败后，巴尔扎克搬到了布列塔尼的一位朋友那里居住。在那里，他获得了人生第一部严肃作品《舒昂党人》的素材，在这部作品上他也第一次署上了自己的真名。这一年，他 30 岁。从这里算起一直到他去世的 21 年间，他几乎没有停下创作，长篇、中篇、短篇小说不断地从他的手中诞生,数量极为惊人。而其中,每年都会有一至两部长篇、十几个中短篇小说。除此之外,他还涉猎了许多剧本,其中一些并不被人接受,甚至还有些是可悲的失败之作。他还创办了一份报纸,每周两期,上面大部分的稿件由他自己动笔撰写。

巴尔扎克十分喜欢记笔记,且出门总爱随身带着笔记本,一旦遇到有可能在以后成为自己素材的事情,或是脑中突然冒出了灵感,又或是听到别人的某个有趣的段子,他就会立刻把它们记诸笔下。他会抓住一切机会对故事中出现的每一处场景做实地考察,有时为了看看他小说里面要描写的某条街道或房子,甚至不惜长途跋涉。我发现,他在塑造人物形象的时候,和所有的小说家一样,都是以熟悉的人物为原型的,但作为小说人物,总要适当发挥想象力的,因此说他们实际是他的想象产物也不无不可。他在给人物命名上十分讲究,不惜为此绞尽脑汁,在他的想法中,名字是与人物的性格及外貌息息相关的。

写作时,巴尔扎克保持着一种极富规律的、洁身自好的生活。晚饭后不久，上床休息，睡至半夜一点，仆人会将他叫醒；起床后，穿上一件洁白的长袍（他自称得穿着没有污渍的衣服才有利于创作），点上蜡烛，在桌上放上一杯提神的黑咖啡，然后开始用鹅毛笔写作；写到早晨7点，放下笔，洗澡，躺下休息；8点至9点，出版商会送来校样并取走他新写出的部分手写稿；再之后，又重新开始工作，直到中午，午饭就吃些煮鸡蛋，喝些水，加上大量的黑咖啡；吃完后他会一直工作到6点才吃一顿简单的晚饭，饭间会喝一点伏芙列酒；朋友通常会在这个时间段来访，与他们聊一会儿天后，他便上床睡觉。

巴尔扎克不是一个动笔前会打出周全腹稿或者提纲的作家。他只会直接提笔先写出一份初稿，然后在初稿上修改，其间会有大刀阔斧的增删，甚至会出现变换章节顺序的情况，最后交给出版商的手稿往往涂改得难以辨认。他对排成校样后的稿子仍会继续修改，增加或删除某些词语、句子和段落，甚至大段大段地删掉章节。改过的校样再次送排，出来后接着进行第三次修改。如是三番后，他才会同意付梓，并附加上条件：将来的版本上，他要保留进一步修改的权利。如此反复折腾的行为自然会增加不少开支，这也常常导致他和出版商之间发生激烈的争吵。

关于巴尔扎克和出版商、编辑等打交道的过程可能不免有些单调乏味，这里我再简谈几句与他的生活以及创作有很大的关系的一点内容。由于他的商业信用不佳，有时为了预支稿费，他经常会对某个出版商承诺在限定日期前交稿，然而等到小说赶写完成后，他却违反约定，拿着稿子去找另一个出版商谈价钱了。正因为他不信守合同，所以常会接到起诉传票，最后他总是被迫到处借债，筹集赔偿费，因为之前预支的稿费早就被他花得一干二净了。每次一签订出书合同（有时甚至都还没开始写）并获得大笔预支稿费后，他就会立刻搬进宽敞的别墅，大肆装修，并买来一辆轻便的马车加上两匹马。他极为热衷于布置房间，总是把自己的住处装饰得既富丽又庸俗。他还雇了一个马夫、一个厨师和一个男仆，不仅给自己买衣服，还给马夫也配上。再就是购进大批华丽餐具，上面饰有贵族纹章，此纹章属于一个同样姓巴尔扎克的贵族世家，但并不属于他。他窃取了这个姓氏，并给自己的姓氏前面冠以贵族专有的词缀"德"，然后宣称自己有贵族血统。

为了维持自己奢侈的生活，巴尔扎克常找妹妹、朋友和出版商借钱，他签署的借据总是不断地延期。他在债台高筑的情况下仍不停地购买瓷器、家具、雕像、画作和珠宝，吹毛求疵地要求用昂贵的摩洛哥羊皮装订他的书。他喜欢收集手杖，其中有一根顶端镶嵌着绿宝石。有一次为了举行宴会，他甚至把整个餐厅都给重新装修了一遍。顺带一提，他一个人吃饭时，饭量并不大，但若是在宴会上，他就成了出了名的好胃口。有位出版商就声称，在一次宴会上，他亲眼见到巴尔扎克吃了 100 个牡蛎、12 块煎牛排、1 对烤鹧鸪、1 只鸭子、1 条箬鳎鱼、几道点心和十几个梨。毫不意外的，他很快就吃成了一个大腹便便的胖子。

碰到债主催债催得太紧时，巴尔扎克就只能抵押一些东西出去，所以，他的住宅中总会不时有估价人进出，这些人带着债主的名义过来扣押和拍卖他的家具。好吧，他实在是个无可救药的人，用借来的钱满足自己的贪婪，总是愚蠢地花钱买那些没用的东西。他就是个不知羞耻的借债人，然而，他的才能又确确实实是让人钦佩的，朋友们为此也愿意对他慷慨。一般来说，女人从不轻易借钱给别人，但巴尔扎克就是有办法从她们那儿获得借款。都说男人向女人借钱有失风度，巴尔扎克对此却全不在意，从来不为此感到丝毫内疚。

四

我们应该记得，巴尔扎克经商失败后，是他的母亲用自己为数不多的积蓄替他还清了债务。后来，她又给两个女儿置办了嫁妆，所剩的唯一财产就是她租的那所房子了。当她碰到急需用钱却没有积蓄拿得出来的时候，只能写信向她的儿子求助。在《巴尔扎克传》里，安德烈·比利曾引用过这封信，信上的内容翻译如下：

"上一次收到你的来信还是在1834年的11月。

在信里面你保证过,从1835年4月1日起,每季度会交给我200法郎,作为房租和雇用女仆的开支。你知道的,我并不太习惯穷困的生活。你现在是名声显赫、生活富足了,相比之下,我们的境况就要糟糕多了。既然你保证过了,我想这应该就是出于你自愿的。但到现在已经是1837年4月了,你的允诺拖延了两年。算来,我本应收到1600法郎的,可我只在去年11月从你那儿得到过500法郎,这点钱多么像是冷冰冰的施舍啊。奥诺雷,两年来,我像是活在一场噩梦中,我所有的积蓄都花完了。你也许会说,你对此爱莫能助,但是听我说,我用房子抵押而借来的钱贬值了,我没有其他的筹款手段了,家里所有值钱的东西都被典当得一干二净。我已落魄如斯,只好向你请求:'给点面包吧,我的儿子!'我已经好几个星期都只能吃面包了,而这还是我那好心的女婿支援给我的。但是,奥诺雷,这不是长久之计。你能为各种昂贵、浪费又损害面子的长途旅行一掷千金(由于你回来后不守协议,败坏了你的名声),每当想起这些,我便感到心碎!我的儿子,你为自己能够花钱如流水,情妇、镶嵌宝石的手杖、戒指、银器、家具等随手就买。作为你的母亲,要求你遵守之前一个小小的诺言并不过分吧。事实上,不到最后一刻,我也不会这样做,但现在真的是没有退路了……"

对母亲的这封求助信,巴尔扎克答复道:"我觉得您最好来巴黎一趟,我们花上几个小时好好谈谈。"

对此,我们能说什么呢?他的传记作家说,天才有他自己的权利,他的道德也不能用普通的标准来进行衡量。我得说,这是个观念问题。总之最好承认,他就是一个极端自私而无德,同时也缺乏诚实与坦率的人。对于他的铺张浪费,人们能够给出的最好辩护也不过是,他生性乐观,并坚信自己的作品能够赚大钱(当然他在一段时期内的确赚了不少)。同时,他还热衷于投机,总以为自己能在投机事业中大捞一笔。然而,当他真投身投机事业时,结局却并不乐观,甚至会债上加债。坦率地说,若他真是一个节制、俭朴且工于心计的人,恐怕也很难成为这么一个作家。他是那么喜爱炫耀、喜欢奢华,总是控制不住要花钱。为此他不得不埋头拼命写作,以期挣钱还债，不幸的是，每次总是旧债未清，又添新债。

有趣的是，巴尔扎克只有处在债务的压力下，才能专注于写作，甚至一直写到脸色发白、疲惫不堪，这种情况下，他反而写出了最好的作品。而若是奇迹出现，他脱离了窘境——没有打扰他的估价人，亦看不到急着起诉他的出版商，那他的创作活力很可能会降到极点，什么也写不出来了。

五

与所有其他功成名就的戏码一样，因为巴尔扎克在文学上获得了成功，一拨拨新的朋友随之出现在了他的身边。而且他有着开朗、乐观的性格及用之不竭的精力，这让他在巴黎各大沙龙中都能如鱼得水、大受欢迎。卡斯特利侯爵夫人就是这样被他的声望所吸引的。这位侯爵夫人的父亲和舅舅都是公爵，其中舅舅还有着英国国王的直系后裔的血脉。她编了个假名给巴尔扎克写信，得到回复后，又写了第二封，信中她透露了自己的身份。巴尔扎克于是就去拜访她,两人见面后关系迅速升温,没过多久就发展到他每天都去见她了。卡斯特利侯爵夫人的肤色十分白皙,有着一头金发,美艳如花。巴尔扎克深深地为她所倾倒。他开始注意往身上洒上香水,每天都要换上黄色的新手套,但这毫无用处。急躁与不安一天天在他的信中发芽,他开始疑神疑鬼,觉得她或许只是在逗弄他。事实也确实如此,其实侯爵夫人只是想要有个崇拜者围着她转,至于情人嘛,就敬谢不敏了。能有一个年轻、聪明且声名卓著的人拜倒在她的石榴裙下,显然让她十分得意,但这并不代表她就得做他的情妇,这是不言而喻的。

随后,两人之间的裂痕在日内瓦出现了。侯爵夫人的叔父费茨·詹姆斯公爵陪她前往意大利,中途曾在日内瓦稍事停留。没有人知道那时候到底发生了什么。巴尔扎克是和侯爵夫人一起踏上这次短途旅行的,回来的时候他却满脸沮丧。大概的情况不难料想,他肯定向她示爱甚至求婚了,却遭到了毫不留情的拒绝。这一打击让他屈辱不已,痛苦与愤怒在心头翻涌，他认为自己的感情遭到了玩弄，一气之下就独自返回了巴黎。然而，他不愧是一个典型的小说家，他会把自身所经历过的，就算是最为丢脸的那些经历，全都变成他磨子里的面粉素材；这以后，卡斯特利侯爵夫人被他写进了小说，并且总是以最轻佻、恶毒、放荡的贵族女子的形象出现。

就在巴尔扎克徒劳地对卡斯特利侯爵夫人展开追求的时候，一封自敖德萨寄出的信来到了他的面前。信里面不乏热情洋溢的词汇，落款则是"一个外国女人"。不久，同样落款的第二封信又被寄了过来。于是，在一份发行范围包含俄国的法文报纸上，巴尔扎克公开刊登了一条启事：

"巴尔扎克先生已收到了寄给他的信件，但遗憾的是，直至今日，他仍不知该往哪里回信。"

寄信的人实际上是一位名叫艾芙琳娜·韩斯卡的夫人，她是一位拥有巨额财产的波兰贵妇人，年方32岁，嫁了一个年龄比她大很多的丈夫。她曾有过五个孩子，可惜，活下来的只有一个女儿。在看到巴尔扎克所登的启事后，她迅速做出反应并着手安排，然后写信告之,若他想回信给她,可以拿到敖德萨的一个书商那儿,让他转交。

收到这封信后,巴尔扎克一生中最大的热情顿时被激发了出来。两人自此开始书信往来,信里的词汇也变得越来越亲昵。在交流中,巴尔扎克极尽夸张之笔调向她披露自己内心的情感,她则善解人意地回以同情和爱怜。侯爵夫人栖居在乌克兰一座有5万公顷良田环绕的巨大城堡里,生活单调乏味,她深厌这样的家庭生活。她天生抱有许多幻想,正因为如此,她崇拜上了巴尔扎克这样的作家,并对他产生了兴趣。信件往来几年后,某次,侯爵夫人跟她的年老丈夫一同前往瑞士的纽夏特尔旅行,身边还带着他们的女儿、家庭教师及大群仆人。巴尔扎克这次事先得知了她的消息,约好在纽夏尔特碰面。两人的第一次见面颇具戏剧性的浪漫色彩。那天,他如约到了说定的公园,然后发现了长椅上坐着那位夫人,她正专心致志地捧着一本书阅读。随后,她的一块手帕不经意地掉落了下来,他走过去帮她捡了起来,接着发现她读的恰好是他的作品。于是两人开始了交谈,很快,他得知,原来她就是与他通信的女人。

她看起来十分漂亮,丰满婀娜,娇俏明媚,眼波流转,秀发高盘,小嘴微张;而巴尔扎克就不一样了,他身体肥胖,脸色通红,看上去如屠夫一般粗俗。初次见面时,她差点吓了一跳,莫非就是眼前这个男人给自己写下了那些诗意盎然且热情洋溢的信件?值得庆幸的是,她对他那炯炯有神的眼睛和充沛的精力还是十分喜欢的。于是很快,他就成了她的密友。几个星期后,巴尔扎克不得不返回巴黎,离别前,两人定下了下一次会面——初冬时节在日内瓦。他于圣诞节前抵达了约定之地,在那里两人又一起度过了六个星期,其间他创作出了《德·朗日公爵夫人》。在这本书中,他以卡斯特利侯爵夫人为原型素材,狠狠地发泄了一番怨气。

回到巴黎后,巴尔扎克又邂逅了一位名叫吉多蓬妮·维斯孔蒂的伯爵夫人。这个英国女人是个金发碧眼、妩媚妖娆的美人,有个懒散无能的丈夫,所以她的不忠颇为出名。巴尔扎克却一下子就迷上了这个女人,他只觉得她是那样温柔,那样可爱。

没多久，这两人的风流韵事就被好事者捅到了小报的头版头条。当时，韩斯卡夫人正在维也纳，很快就得知了巴尔扎克另结新欢的事。她随即写了封信痛斥他，信中宣称要回乌克兰去，从此再不与他相见。这道分手宣言对巴尔扎克来说犹如一道晴天霹雳，事实上，他之前一直都算计着，想等她的丈夫死后与之结婚，从而顺理成章地拥有她继承的丰厚家产。事发后，他立刻借了2000法郎，急匆匆地赶往维也纳，以期与她重归于好。一路上，他自称德·巴尔扎克侯爵，随身带了一个侍从，还在行李上标印了假纹章，旅途费用因此而大增。当然，碍于此时所谓的身份，他不能表现出斤斤计较的样子；为了与地位相称，还得大方地给出各种小费。结果到达维也纳时，他花光了身上所有的钱。与韩斯卡夫人见面后，巴尔扎克迎来的是大肆责备，对此他找了各种理由辩解，以求平息她的怀疑和怒气。3个星期后，她还是回了乌克兰。此后长达8年，他们两人都没有再见过面。

六

返回巴黎后,巴尔扎克旋即重归维斯孔蒂伯爵夫人的石榴裙下。他在她的身上挥霍了比原先更多的钱财。后来,他因欠债被拘捕,伯爵夫人付了一大笔钱才帮他免去了牢狱之灾。自那以后,她不时就会资助他,以缓解他拮据的窘境。1836 年,巴尔扎克的第一任情妇——柏尔尼夫人去世了。他表现出了极大的悲痛,并声称她是他唯一爱过的女人,别人却说其实该说她是唯一爱过他的女人。同年,金发碧眼的维斯孔蒂伯爵夫人怀上了巴尔扎克的孩子,并告诉了他。这个孩子出生时,她的丈夫——那个老好人倒说道:"我知道夫人总想有个私生子,喏,这次她终于如愿以偿了。"

顺带一提,纵观这位伟大小说家的风流史,他同几位情妇共有过四个孩子,三女一男。对于这几个孩子,他表现得毫无感情。他的情妇当然不止上面提到的几位夫人,事实上还多的是,其中我想多提几句的是一位名叫爱琳娜·德·弗莱特的寡妇。如同卡斯特利侯爵夫人、韩斯卡夫人一样，起初她也是巴尔扎克的一名崇拜者。说来也怪，巴尔扎克五次主要的风流恋情竟有三次都是这么来的。这恐怕也正是他的恋爱总是有始无终的潜在原因吧。那些被男人的名气所吸引而来的女人，往往想得到的只是艳遇背后的好处，至于爱情，基本上是没有的，更别提会产生什么崇高而无私的情感了。爱琳娜就是一个典型，她有着挫折的过往，又喜好出风头。与巴尔扎克的这一场风流，她算是抓住机会，满足了自己的虚荣心。当然不久后，两人就闹翻了，至于原因嘛，似乎是巴尔扎克向她借一万法郎，由此起了争执，最终不欢而散。

1842年，巴尔扎克终于等到了期盼已久的时刻——韩斯卡先生去世了。他终于要梦想成真了！他将会变得富有起来，并将摆脱满身越积越多的债务。艾芙琳娜先是写信告诉了巴尔扎克她的丈夫去世的消息。然而，随后又在接下来的一封信中写道，由于他的不忠、他的挥霍和他的债务等种种难以宽恕容忍的行径，她放弃了与他结婚的打算。这下，他绝望了。他顿时想起了一些往事，在维也纳时她曾说，只要能占有他的心就够了，并不期望他会在肉体上忠实。当然此后，她也的确一直占据着他的心。然而她现在食言了，巨大的不平与愤怒从巴尔扎克的心中喷薄而出，他决定去找她，他知道，只有见到她，才可能重新把她赢回来。她答应得很勉强，几次书信后，巴尔扎克毅然动身了，去往圣彼得堡——当时她所在的地方。那年，他43岁，她42岁。他们都已不再年轻，甚至有些发福。不过，事实证明，他没有想错，见面后的相处让她变得顺从了许多。他们又重归于好，继续之前的情人关系，而且她还答应了他的求婚。

不过，这一承诺直到7年之后才被履行。对此，传记作家们都大感疑惑，为何她会犹豫这么长时间？说白了，其实很好理解，毕竟身为一位贵妇人，她常会自豪于自己的高贵家世，而在她的心中，可以接受做一个名作家的情人，但无法接受做一个粗俗暴发户的妻子，两者可以说是截然不同的。更何况，她的家族也一定不会同意这桩门不当户不对的姻缘。而且，她还有个待字闺中的女儿，得注意对女儿往后的社会地位和境况的影响。此外，巴尔扎克挥霍无度的名声也让她担心婚后她的财产会经不起他的折腾。她深知他对其财产的觊觎，一旦和他结婚，她的钱包里就不只是被掏摸一下，而是要被一双手大把地攫取了。纵然她十分富有，生活也很奢侈，但给自己花钱享乐和给别人拿去挥霍，其间的差别还是相当大的。

然而，奇怪的是，尽管她拖延了那么长时间，最后还是嫁给了他。7 年来，他们经常会面，结果嘛，就是她怀孕了。巴尔扎克当然欢喜无比，他感到自己终于占了一回上风。于是他趁机再次向她求婚，可她仍然下不了决心，只是留了一封信给他，说要节省一笔开支，先回一趟乌克兰去生孩子，生完后再说结婚的事。遗憾的是，孩子一生下来就夭折了。当时是 1845 年或 1846 年，四年或五年后她才嫁给了他。他们在冬天的乌克兰举行了婚礼。

要问她为何最终同意了这桩婚姻，有可能是因为长期艰苦的写作生涯拖垮了巴尔扎克，他本有一个健康的身体，但在很短的时间内就变得弱不胜衣。两人在乌克兰的那个冬天，巴尔扎克一度病得不轻，虽然后来有所好转，但显然可以看出他将不久于人世。也许是出于对一个垂死之人的怜悯，她同意嫁给他。尽管他曾经不忠，但这么多年以来，他对她表现出的爱慕无疑是真诚的。另外一层原因，或许是她是一个虔诚的信徒，而她的忏悔神父可能劝过她，让她把这一违背习俗的情况合法化。两人总归还是结了婚，并一道返回了巴黎。他们用她的钱买下了一幢住宅，对之进行了豪华的布置。随后，她把丰厚的家财转赠给了自己的女儿，仅留下十分有限的年金供自己使用。对此，巴尔扎克也许很失望，但他并未形之于色。

让人扼腕叹息的是，多年等待虽然得以实现，但两人的婚姻其实并不美满。艾芙琳娜并没有给予巴尔扎克幸福。而他又再次病倒了，并且一病不起。1850年8月17日，巴尔扎克逝世了。艾芙琳娜伤心欲绝，在给朋友的信中，她写道，她已生无可恋，只想跟随丈夫而去。不过，没多久，她却又找到了新的情人——一位名叫桑·奇古的画家，因相貌丑陋，有个"灰虱"的绰号。可以看出，他显然并不是一个好画家。

七

我们很难从巴尔扎克留下的大量作品中找出最具代表性的一部。可以说,他的每一部作品中,总有那么两三个人物会表现出某种原始、纯粹的激情和刻骨铭心的力量,而这些角色往往也是他塑造得最有力的一类人物。至于那些性格较为复杂的人物,他的处理就颇有些力不从心了。从他的每一部作品中,我们总能看到震撼人心的场面,还有许多引人入胜的故事情节。考虑到几方面的原因,我以为《高老头》应当算是他的代表作,整部小说读来都趣味盎然。在其他小说中,巴尔扎克常会有中断故事而发表议论的习惯,而《高老头》总体上没有这样的缺陷,只是通过对人物自身言语和行动的描写来客观表现人物的思想。除此之外,《高老头》在构思上也相当巧妙,小说中设了两条线索,相互交织,更添张力。一条是高老头的父爱线索,以他对两个不孝女儿的深厚感情为主;另一条则是拉斯蒂涅的闯荡线索,以他欲在巴黎的灯红酒绿中大展身手的野心贯穿始终。

《高老头》这部小说的有趣之处还在于,巴尔扎克首创了独特的写作方法,让同一个人物反复出现在几部小说中。这种方法可以说是相当困难的,难点就在于要让读者产生了解人物往后经历的欲望,这就需要作者把人物塑造得足够吸引人。而巴尔扎克深得其中之味,并以之获得了非同凡响的成功。就我本人来说,我在阅读《高老头》时,就十分期待了解某些人物的未来,比如拉斯蒂涅,我对这个人物将来的经历非常感兴趣,所以读的时候也就觉得特别有味道。这种方法用处很大,可以大大节省作家创造上的精力。当然,我相信巴尔扎克采用这种方法并不是为了节省,要知道他的创造力近乎无穷无尽,压根儿无须节省。我认为他应该是想让人物更加真实,这就好比在现实生活中,我们对反复接触的人总是要熟悉一些。另一个更重要的点可能在于,巴尔扎克想把他的所有作品都包罗进一个无所不包的整体中去,他不仅想要描写一小撮人或某一阶级的人,甚至不仅只描写一个社会，而是要刻画整整一个时代，要创造一种文明。他有着和他的同胞们一样的某种错觉：不论如何多灾多难，法国永远都是世界的中心。或许正是在这一错觉的支撑下，他自信能够创造出一个多姿多彩、五光十色的世界，并在其中创造出鲜活的生命，让其自我展现出来。

在这里，虽然不免要涉及整部《人间喜剧》，但我此时只想谈谈《高老头》。在我的认知中，巴尔扎克应该是第一个将公寓作为小说场景地点的小说家。而在他之后，这个场景就沦为惯常了，对小说家来说，这样做的好处是便于把各种身世的人物搁在同一背景下进行描写。然而，能够熟练并成功运用这种方式的，除了《高老头》，我不作他想。

巴尔扎克的小说常常是慢热的，开始的情节总是进展缓慢，他偏好于详细描写故事的发生地。对这种环境描写，他自是乐在其中，也正因如此，他告诉你的总会多于你想知道的。他似乎从未学会只交代必须的内容，省去不必要的内容。他还要向你展现小说人物的外貌、性格、出身、习惯和缺点，把这些全部交代清楚后,他才会开始进入正题。他笔下的人物常会带有他那种活跃的个性,因此与现实生活相比就有些失真。他喜欢浓墨重彩地描绘他的人物,这样会很显眼,但不免显得过于花哨,且紧张、兴奋得超乎寻常。纵然如此,这些人物仍旧活色生香,让人信以为真。能有这样的效果,恐怕是因为巴尔扎克自己对他们也是深信不疑的。比如,巴尔扎克的某几部小说中出现过皮尔训医生这样一个人物,他聪明又能干,巴尔扎克临终时就曾喊道:"快让皮尔训来!皮尔训会救我的!"

《高老头》中还有一个人物值得注意,那就是巴尔扎克笔下最令人毛骨悚然的伏脱冷。这一类型的人物虽然已泛滥,但除了巴尔扎克,从没有人会将之塑造得如此真实与生动。伏脱冷是个老谋深算、精力充沛且意志坚韧的人物,作品中一直没有直接描写伏脱冷的秘密,只是设置了一些极为巧妙的暗示——他的身上隐藏着某种邪恶和阴险。他外表看起来却显得温和慷慨,加上健壮的体魄、聪明的头脑,还有足够的耐心。你不仅会对他产生同情,甚至是钦佩之情,同时又会下意识地觉得他有些可怕。正如《高老头》中那个总想在巴黎大干一场的外省年轻人拉斯蒂涅一样，你会被伏脱冷这个人物牢牢地吸引住。同时，仍和拉斯蒂涅一样，你会本能地觉得不自在。伏脱冷或许看起来有点像某个情节剧中的人物，但他不啻为巴尔扎克的一个杰出创造。

人们普遍认为，巴尔扎克的文笔并不算高雅。他的为人有些粗俗（当然，粗俗也可算是他天才的一部分，不是吗？），文字也粗糙鄙俗，且啰唆冗长、矫揉造作，还经常用词不当。对于巴尔扎克在趣味、文笔和语法等方面的不足，著名批评家埃米利·吉盖曾在一本专著中花了一整个章节的篇幅进行专门论述。确实，他有着各种明显的缺陷，无须多么高深的法语知识，一眼就能察觉到。这很让人惊讶。据说，查尔斯·狄更斯的英语文笔也不怎么好，我曾从一位颇具语言天赋的俄国人那儿听说，托尔斯泰和陀思妥耶夫斯基写作起来也是随心所欲，语言粗糙而不讲究。全世界范围内迄今最伟大的四位小说家的母语文笔竟然都很糟糕，这实在是教人费解。这样看来，精美的文笔并非小说家必备的基本素养了,充沛的精力、丰富的想象、大胆的创造、敏锐的观察及对人性的关注、认识和同情才是。当然,文笔精美无论如何总要比文笔糟糕强些。

福楼拜其人与《包法利夫人》

居斯塔夫·福楼拜是一个极不寻常的人,一个被法国人视为天才的人。然而时至今日,"天才"一词早已被用滥,《牛津词典》做过定义,即天生有一种非凡能力,能进行天马行空的创造或做出独创性的思考、发明和发现的一类人,相较于才能一般的人,他们更大地依靠天生的洞察力或直觉来取得成就,而非靠有意识的努力。依此标准,任何时代都不大可能同时出现三四个或以上的天才。若只因某个作曲家做出了悦耳的曲调、某个剧作家写出了出色的喜剧或某个画家画出了富有魅力的图画,我们就给他冠上天才之名,那只会让"天才"一词蒙尘。或许那些作品

居斯塔夫·福楼拜 | 1821.12.12—1880.5.8

确实很好，而那些人也的确具有独特才能，但是抱歉，天才所为必须得是高一层次的事情。如果要我说出20世纪都有哪些天才，那么我大概只能想到阿尔伯特·爱因斯坦。而19世纪的天才就多一些了，至于福楼拜是否能够划入这类具有特殊才能的人的队伍中，读者只要牢记《牛津词典》的定义，接着读完这篇文章，自然就知道了。

毫无疑问的是，福楼拜走出了典型的现实主义风格小说的路子，并以之直接或间接地影响了之后的所有小说家。如托马斯·曼的《布登勃洛克一家》、阿诺德·贝涅特的《老妇人的故事》以及西奥多·德莱塞的《嘉莉妹妹》，都是循着福楼拜开辟的这个路子写的。福楼拜勤奋地乃至狂热地投身于文学创作中，恐怕再也找不出像他这样的作家了。像大多数作家一样，福楼拜视文学为头等重要的事，并认为它具有更丰富的意义——修身养性、充实阅历。在他看来，生命的目的与其说是活着，不如说是写作。为此，即使是牺牲丰富多彩的生活也在所不惜。说起来，那些把自己关在小屋里侍奉上帝的修道士也未必就更加虔诚。

一个作家能写出什么样的作品,取决于他是个什么样的人。所以我们才希望了解那些优秀作家的生平——他们个人经历中的东西。福楼拜更是如此。他于1821年出生在里昂,一家人都住在那里,其父亲担任一家医院的院长职务,这是个富裕且受人尊敬的幸福家庭。像其他类似家庭的法国孩子一样,福楼拜正常地成长着:进了学校,与其他孩子交朋友;他不怎么爱动,却读了很多书;他感性而富于幻想,而且像许多孩子一样,他的内心常会生出孤独感,他这样敏感的人甚至可能会终身为其所困。

"我10岁就进了中学,"他这样写道,"很快就厌烦了周围所有人。"这并非随便说说而已,真实情况也是如此,年轻的时候,福楼拜就是个厌世者。时值浪漫主义思潮的巅峰时期,厌世情绪正大行其道,福楼拜的同学中有人开枪射穿了自己的头颅,有人用领带上了吊。但是,福楼拜有舒适的家庭、慈爱而宽容的父母、溺爱他的姐姐,加上那些他挚爱的朋友,我们无法理解,他为何会产生"人生无法忍受"这种想法，并深深厌恶他周围的人。他有着健康、强壮的身体，发育得很好。他从少年时代起就有了一些创作，内容满是浪漫主义最无节制的大杂烩，里面的厌世情绪或许与当时流行的一种文学思潮有关。但福楼拜本人的厌世情绪绝非装出来的，亦非受了外界的影响。他本质上就是个悲观厌世的人，若要问为什么，那恐怕就得深入研究他的心路历程了。

15岁是福楼拜的人生转折点。当时他们全家到特鲁维尔去度夏，彼时特鲁维尔还只是一个仅有一家旅馆的海湾小村庄。在那里，他们遇到了一对夫妻——莫里斯·施莱辛格和他的夫人，前者是个音乐出版商（某种程度上也是一个投机商），至于施莱辛格夫人，福楼拜对之印象极深，以至于后来对她做了这样的描绘："她是个高个儿女人，浅黑皮肤，漂亮的黑发，丝丝缕缕地垂在肩头；她有着希腊式的鼻子，热情似火的双眼；她的眉毛修长，弧形优美；她的皮肤油亮，笼罩在一层金色光晕之下；她的身材苗条而优雅，浅黑而略显紫色的脖颈上依稀可见蓝色的静脉血管在蜿蜒流转。她的嘴唇上有层微不可见的汗毛,让她的脸看来更具刚毅的男性活力,从而使那些白肤的美人相形见绌。她说话语速缓慢,声调抑扬顿挫,既柔和而又富有乐感。"我在把 pourpre 翻译成"紫色"时,曾深感纠结,这种颜色似乎不怎么好看,但也只能这么翻译。我猜福楼拜是回想起了龙沙曾在他最著名的诗里用过这个词,只是他一定想不到,用这个词形容一位夫人的脖子会给人怎样一种印象。

他疯狂地爱上了这位夫人。她时年 26 岁,膝下有一个尚在襁褓中的婴儿。但福楼拜很羞怯,若非她的丈夫待人热情且积极好客,他甚至都没有勇气和她说话。少年福楼拜有时会被莫里斯·施莱辛格邀请去骑马,有一次他还被请去和他们夫妇乘船游玩。福楼拜和艾莉莎(施莱辛格夫人的名字)并排而坐,肩并着肩,她的裙摆还盖着他的手,她和他说着话,声音低沉而悦耳,少年却一直处在迷乱之中,完全没听清她说了什么。暑假之后,施莱辛格夫妇俩离开了特鲁维尔,福楼拜一家也回到里昂,他继续过着学生生活,此后他就陷入了他一生中最重要,也是最为持久的一场爱恋。两年后,他重回特鲁维尔,得知她又曾来过,但已离开,这年他17岁。他隐隐感到,自己过去太幼稚,所以无法真正爱她,但现在不同,他正以一个男人的渴求在爱着她。可惜的是,她不在眼前,这却让他的爱欲变得愈发强烈。回到家后,他继续创作那本他写好了开头的书——《对一位夫人的回忆》,内容讲的就是他如何在那年夏天爱上艾莉莎·施莱辛格。

当19岁的福楼拜从学校毕业时,作为奖励,父亲让他跟随一位名叫克洛盖尔的医生到比利牛斯山及科西嘉岛旅行。那时的他已完全成熟了。在他那个时代人的眼中,他是一个大个子,但他实际只有五英尺高,在加利福尼亚或得克萨斯,这种身高说不定还会被叫成矮个儿。他身形瘦削而优美,黑色睫毛下有着海蓝色的大眼睛,长发。那时的他英俊得犹如一尊希腊神像,四十年后,一个认识他的女人如是说道。从科西嘉岛回来后,两位旅者停留在了马赛。某天早上,福楼拜外出去洗澡,回来后看见旅馆的院子里正坐着一个神情慵懒的年轻夫人,性感又迷人。福楼拜上前与之交谈,两人很快便熟络起来。她叫厄拉莉·福柯，正在等待她的丈夫——一名法属圭亚那的官员来马赛接她。福楼拜和她随即共度了良宵，事后，福楼拜这样形容自己的这次风流艳遇：如雪原上的日落一般妙不可言的夜晚。离开马赛后，他便再未见过她。这段初夜经历，给了他一生难忘的回忆。

这一插曲过后不久，福楼拜便动身到巴黎学习法律，不是他想成为律师，而是到了总得选择某种职业的阶段。但他相当讨厌巴黎，外加讨厌教科书，讨厌大学的生活，尤其对同学们的市侩庸俗、装模作样嗤之以鼻。其间，他创作了一部中篇小说叫《十一月》，里面描写了他和厄拉莉·福柯的那段艳遇，他笔下的女主人公却像艾莉莎·施莱辛格一样有着闪亮的眼睛、高扬的弯眉和覆着淡青汗毛的嘴唇，只不过这一次的脖子是雪白圆润的。

后来，他找到了施莱辛格的办公处，去拜访他，并再度联络上了他们夫妇。这位出版商邀请他参加每周三在他家里举行的聚会，艾莉莎迷人依旧。当年初识之时，福楼拜还是个笨拙的高个儿少年，而如今，少年已长成了男子汉、殷勤、英俊、充满热情。不久,她发现了他爱着她的秘密。他呢,很快就成了这对夫妻亲密的座上宾,每周三都有机会和他们一道用餐,他们还一同参加短途旅行。但福楼拜仍如以前一样羞涩,迟迟不敢向艾莉莎示爱。等到他终于向她表白的时候,尽管并没有惹来担心中的生气,但艾莉莎也拒绝成为他的情妇。她的经历很曲折,外人皆以为她是莫里斯·施莱辛格的妻子,然而并不完全如此。她曾有位名叫爱弥尔·朱岱的丈夫,几年前他陷入经济困境而面临诉讼,于是他们的朋友施莱辛格提了条建议,由他出钱帮助朱岱摆脱困境,条件嘛,就是他得离开法国并放弃妻子。朱岱同意了,此后艾莉莎便跟了施莱辛格,并与之同居。当时法国没有离婚一说,所以直到1840年朱岱去世之后,他们才正式结婚。据说,尽管朱岱远走他乡,后来又去世了,但艾莉莎一直还爱着他。也许正是这旧日的爱情,再加上她对后来与她同居并让自己生下孩子的男人的忠诚感,才使她摇摆着,不愿接受福楼拜的示爱。但福楼拜有股执着和狂热,最后他想办法约了她在某一天去他的寓所幽会。那天,他焦虑不安地在寓所等待她的到来，以为自己长期的爱慕之情终于要有所收获了。但很可惜，她并没有赴约。

1844年，发生了一件对他产生严重后果的事情。那晚，他和哥哥一道乘坐马车从母亲的一幢房子那儿（他们在那里住了一些日子）返回里昂。他哥哥比他大9岁，继承了父亲的医生职业。走在路上时，没有任何预兆，福楼拜"只觉眼前突然有一片让人眩晕的亮光，随后就像一块石头那样滚到了马车的底板上"。等他醒来时，发现自己满身是血，原来他哥哥已经把他搬到了附近的一幢房子中，正在为他做放血治疗的手术。之后，他又被送回里昂，父亲再次给他放了一回血。此后，他不得不开始服用缬草和槐蓝，脖子上常年挂着一根泄液线。他还被告知要禁止抽烟、喝酒和吃肉。有一段时间，他常会有浑身痉挛的症状，视觉和听觉也都出了毛病，每每出现惊厥后就会失去知觉。为此，他常被弄得精疲力竭，身体一度虚弱不堪，神经也经常陷入极度紧张之中。这种病十分神秘，医生们有着各自不同的观点。有人直言他是得了癫痫病，他的朋友们也都是这么看的。但他的侄女在她的《回忆录》中对此事保持了缄默。而勒内·杜麦斯尼尔先生——兼具医生和一本关于福楼拜的重要传记的作者身份——坚持认为他患的绝不是什么癫痫病,而是一种他取名为"癔想性痉挛"的病。我想,他之所以会如此主张,大概是他认为癫痫病人这种称呼多少会减弱一位杰出作家的作品价值吧。

他的家人对他的病状却并不意外。据说,他曾告诉莫泊桑,早在12岁时,他就出现过幻听和幻视,而且他19岁的毕业旅行还是由一位医生陪同的。此外,他父亲也曾为他制定过特别治疗方案,其中一条就是要常更换环境,所以很可能在他19岁时就已有某种精神疾病了。福楼拜自小就厌恶着自己周围的人,那么他这种让人费解的厌世情绪会不会就是他那种奇怪的精神疾病的外延呢?尽管那时他的神经系统受到的影响还不明显,但会不会就是后来种种的发源和预兆呢?无论如何,他现在正面对着患上了一种可怕疾病的事头,这种病还反复无常,就连何时发作都没法预料。于是,他不得不改变自己的生活方式,这也导致了他放弃了法律学习(当然,这或许正中他下怀），同时不能结婚。

1845年，福楼拜的父亲去世了。两个月后，他亲爱的姐姐卡罗琳生下了一个女儿，自己却不幸去世了。他们幼时曾形影不离，直到嫁人前，她都是他最亲密的人。福楼拜的父亲在死前不久曾于塞纳河畔购置了一处名为"克瓦塞"的房产，那座石头房子足有两百年的历史，它的前面还有一个露天阳台，外加一个面朝塞纳河而建的凉亭，福楼拜寡居的母亲和他弟弟古斯塔夫带着卡罗琳留下的小婴儿就住在里面。哥哥阿谢尔已经成家，接了父亲外科医生的班，在里昂那家医院里担任和父亲相同的职务。克瓦塞后来成了福楼拜的终身居所。很早之前，福楼拜就开始了断断续续的写作，如今他既有顽疾缠身，无法像大多数正常男人那样生活，于是只能下定决心把自己的一切献给文学事业。他在底楼有间大工作室，窗前就是花园和塞纳河。此后，他便养成了一种井然有序的生活习惯：10点，起床，读信，看报；11点，少量吃些午饭，之后到平台散步或到亭子里看书；午后1点，开始工作，一直持续到7点；接着又到花园里散会儿步，回来继续工作，直至深夜。他不和任何人见面，除了一两个朋友。他不时会邀请朋友来家中住上几天，顺便一起讨论自己的作品。除此之外，再无任何社交和娱乐活动。

但福楼拜也意识到了，写作得有生活体验，孑然孤独地过着隐士生活是不行的。因此，他下定决心，每年要去巴黎住上三四个月。后来的那段时间，他在巴黎渐渐出了名，同时也结交了许多饱学之士。从这里开始我似乎有种感觉，仿佛人们更多的是佩服他，而非喜欢他。他的同伴们发现他异常敏感且易怒，他无法忍受来自他人的反驳和批评，所以他们都是尽量顺着他的意见，要是谁竟敢不如此，他就会大为光火。对待别人的作品，他常化身为苛刻的批评家，而且有作家的通病，那就是对待他自己无法做到的事情，他都会嗤之以鼻。而反过来，别人若是对他的作品有任何批评，他立刻就会愤怒地将之归结为嫉妒、恶意或者愚昧。这一点上，他倒和许多杰出作家有着相似性。对于单纯靠出卖文稿吃饭的文人和花钱沽名钓誉的文人，他的容忍度很低。他以为艺术与金钱毫不相干，赚钱对艺术家来说无异于堕落。当然，他自己是很容易长期保持这种不食人间烟火的高雅姿态的，毕竟他生来就拥有一大笔财产，从来不会为钱所困。

接下来要发生的事显然是可以预料的。1846年，有一次在福楼拜逗留巴黎的期间，他在雕塑家普拉迪耶的工作室遇见了一位女诗人——露易丝·高莱特，这个女人的丈夫是位名叫伊普里特·高莱特的音乐教授，她的情人则是哲学家维克多·古赞。她是文人圈子里常见的一种典型人物，以和名人产生暧昧不清的关系为才能。她凭着自己的美貌业已在文学界得到了某种地位。她在家里办了一个聚集著名人物的沙龙，她则自名"缪斯"。她常把秀发梳成卷，垂于圆润的脸蛋两侧。她总是说着充满热情的话语，声音甘甜激越。不到一个月的时间，福楼拜就成了她的情人，当然他并没有取代她的那位哲学家情人。另外，说福楼拜成了她的情人，我所指的完全是精神上的情人，由于福楼拜长期处于禁欲中，加之当时他易激动和羞怯，导致他已无法圆满地完成性爱了。回到克瓦塞后,他就给露易丝·高莱特寄去了第一封情书。后来又写了很多类似的书信,它们的内容很古怪,在我看来恐怕没有哪一个情人会是这样写情书的。尽管如此,那位"缪斯"倒是挺爱福楼拜的,她性子中既有苛刻又有忌妒。而福楼拜呢,恰恰相反,两样皆无。我想你也许已猜出来了,他之所以要做这位明星一样受人瞩目的漂亮女人的情人,完全是因为他的虚荣心。但是,就像很多其他痴心妄想的人一样,他很快就发觉了不对,事情或许并不像他预期的那样,因而不由得感到悲哀不已。回到克瓦塞的他发现自己甚至比在巴黎时要更爱那位"缪斯",他在情书中向她倾诉了这份爱慕之情。她提出要求,让他搬到巴黎居住,他回答说不能离开母亲。于是她退而求其次,要求他更经常去往巴黎或芒特,因为他们少有机会见面,但他又说,他得有足够的理由才能离开克瓦塞。于是她愤怒了,质问他说:"莫非你受到的监护竟多过一个姑娘?"随后,她又提议到克瓦塞和他相会,而他再度拒绝了。

"你的爱根本不是爱,"她在信中说,"总之,它在你的生活里没有多少地位。"对此,他回道:"你想知道我爱你与否?好吧,答案是肯定的,我能爱的分量都拿来爱你了,也就是说,爱情于我并非排在生活第一位,而是第二位。"他真的不怎么机灵,竟要求露易丝·高莱特找她住在卡耶纳的一个朋友查探厄拉莉·福柯的情况,甚至还想让她帮忙转交一封信给对方。听到他的这一要求时,她简直愤怒得无以复加,福楼拜竟对她的愤怒感到惊讶。后来,他的行为越发离谱了,竟在给她的情书中描述自己和妓女间的交往,用他自己的话说,他对她们有一种嗜好,且经常能从她们身上得到对这种嗜好的满足,诸如此类不一而足。这并不奇怪,男人总爱夸大自己的性生活,并不惜为此撒许多谎。所以我自问:他如此夸耀自己的性能力,是否正说明他在这方面有缺憾?没人知道他那种导致身体虚弱加精神消沉的怪病发作过多少回,但众所周知的是他一直处于镇静药物的影响下,所以我推测,他之所以不太同意和露易丝·高莱特见面,很可能是他明白自己毫无性欲,要知道他那时还不到 30 岁!

这场所谓的恋爱谈了9个月。1849年,福楼拜随马克西姆·杜·冈一起,动身去了近东,两人游览了埃及、巴勒斯坦、叙利亚和希腊等地,1851年春天,回到法国。福楼拜又继续和露易丝·高莱特联系,然后照旧忙于应付其语言越发尖刻的情书。她持续施加压力,要么他来巴黎,要么她去克瓦塞;而他则继续以各种理由搪塞,既不愿去巴黎,也不想让她来家里。1854年,他最终写信通知她,他不再会去看她了。她急忙赶往克瓦塞,却遭到粗暴的驱赶。这是福楼拜人生中最后一次认真谈恋爱。在这段爱情当中,恐怕文学性要多过生活性,戏剧性多过男女间的激情。福楼拜一生唯一的真爱或许是艾莉莎·施莱辛格,可惜因为她丈夫投机失败,夫妇俩带着孩子离开了巴黎。福楼拜已有二十多年没见她,现在两人都有了很大的改变:她瘦了,皮肤看起来有些枯黑,头发也有些花白了;而他则明显胖了许多,嘴边蓄下了一圈胡子,头戴一顶黑帽子以掩饰秃顶。他们匆匆见了一面,随后又各奔东西。后来,她不得不去巴黎料理事务,他们两人就相约在那里幽会了一次,之后又在克瓦塞见了一次面。此后，据说他们再未见过面。1871年，莫里斯·施莱辛格去世。福楼拜在爱上她的第35个年头写了第一封情书给艾莉莎，信中他没用以前的称呼"亲爱的夫人"，而是用了"我曾爱过的，将来也将永远爱着的人"。

在前往东方的旅途中，福楼拜不断构思着一部小说，这部小说将成为他的新起点，那就是《包法利夫人》。至于他是怎么想到写这部小说的，其间还有个颇具趣味的故事。某次前往意大利旅行，途经热那亚的时候，福楼拜买到了一幅由布律盖勒创作的画作《圣安东尼的诱惑》，这幅画带给他很深的触动。回了法国后，他又购买了由卡洛制作的同题材的一幅版画。然后，他翻找了许多有关圣安东尼的材料，在对其背景获得了足够了解的情况下，他开始循着脑海中那两幅画所带来的启发，创作了一部名字也叫《圣安东尼的诱惑》的小说。写完初稿后，他请了两位亲密朋友来到家中，然后在他们面前朗读自己的新作。朗读持续了4天，每天下午和晚上各4小时。他们事先说好，在读完整部小说前，谁也不给出意见。直到第4天深夜，小说读到了结尾，福楼拜猛地挥拳敲了一下书桌，问他们："你们觉得怎么样？"一个朋友回道："我建议你现在就把它扔进火里，以后都不要再提起它。"这句话对福楼拜简直是毁灭性的打击！第二天，那个朋友想找个由头缓和一下自己昨夜的直言不讳，便对福楼拜说道："你为何不去写德拉马尔的故事？"福楼拜顿时跳了起来，满脸红光地大叫道："没错啊，为什么不呢？"德拉马尔曾经做过他父亲医院里的实习医生，他的故事人所共知。德拉马尔还在里昂附近的某小镇上开了家私人诊所，他的第一任妻子是个比他大很多的寡妇，在她死后，他又娶了邻近农夫的漂亮又年轻的女儿。但那是个奢侈又淫荡的女人，她很快就厌倦了乏味的他，不断在外勾三搭四，由于在穿着打扮上花费靡多，最后负债累累，无力偿还，无奈地服毒自杀。福楼拜以近乎精确的笔触将这个不甚光彩的小故事完全地记述了下来。

他30岁的时候才正式开始写《包法利夫人》，此前还未出版过任何作品。因为，除了《圣安东尼的诱惑》，他的早期手稿严格意义上都属于私人性质，内容实际完全是他自己恋爱经历的翻版。但到了现在，他的目标就不仅是真实了，而且还得要客观。他决心去讲述一个真实的故事，不戴任何有色眼镜，自己也尽量做到不以任何方式介入叙述当中。他决心讲述一个他必须讲述出来的事实，揭示那些他免不了要打交道的人物的性格，中间不发表任何个人意见，也不对人物做任何褒贬。纵使他对某个人物抱有同情，也不动声色；就算某个人物的愚蠢让他很恼火，或者某个人物的卑劣让他愤慨不已，他也不向读者展示一点个人感情。他正是如此做的，这大概就是许多读者会觉得这部小说有点冷酷的原因吧。因为他刻意地追求客观性，小说中几乎看不到什么温暖人心的东西。虽然人人都有渴望温馨的这样一种人性弱点，但我隐隐觉得，若是作者勾起了读者的某种感情体验，而读者知道作者也在体验同样的感情，想必多少会有些许安慰。

不过，和很多同行一样，福楼拜追求绝对客观的努力也没有成功，因为完全不带主观的写作是不可能的。小说家应尽量让故事里的人物自己展示自己，而且要尽量让人物的行为符合人物的性格,这无疑是对的。如果小说家跳出来生生把读者的注意力拽向主人公的魅力或反面人物的恶行上,如果他不停说教且东拉西扯一些不着边的东西,如果他讲故事的同时自己还要在故事中扮演某个角色,那就很容易让读者生厌。但不管怎么说,这些也只是叙述方式上的事罢了,而且很多十分出色的小说家都会时常使用这些方法,就算这种方法有时显得不合时宜,但不能就此否认它的价值。那些极力想避免如此的小说家,其实也只能做到表面上摘除自己的个性于小说之外,因为无论他是否愿意,对主题的选择,还有对人物性格和叙述角度等方面的安排,都难以彻底逃脱自己个性的影响。众所周知,福楼拜是位悲观主义者。愚蠢是他所不能容忍的,而市侩气、平庸的人、日常琐事等,皆令他感到愤怒。他毫无怜悯心,亦无慈爱心,自他成年以后,他全然是个病人,同时又饱受因自己疾病而自卑的折磨,他有些神经质,伴随着持续的烦躁不安。他极端褊狭,他是个浪漫主义者,却害怕成为浪漫主义者,他深感挫败而愤懑,只因他缺乏自己理想中的性爱能力，就干脆投入到包法利夫人的肮脏故事中，破罐破摔。他其实没能在小说中排除他的个性，当他选择写德拉马尔的故事时，当他把故事中的人物设计成这样或那样时，他其实就已经显露了自己的个性。在这部篇幅达 500 页的小说的情节中，他向我们展示了许多人物，而除了拉里耶尔博士这个主要人物之外，其余的人基本上都是不可救药的。他们不是人格卑劣就是性情平庸，不是表现愚蠢就是天性浅薄。这样的人，世上的确很多，但也不是所有人都会如此。很难想象一个市镇里（不管多小）竟会没有一个明智、善良且愿帮助别人的人。

福楼拜经过反复考虑，打算在小说中展示一群庸俗不堪的人物，并且为他们的庸俗本性和糟糕处境设计一连串事件。但他这样做很可能会导致读者对这些乏味的人物丧失兴趣，只因他所不得不讲述的那些事件本就沉闷冗长。至于他是怎样解决这个问题的，我稍后详谈。在此之前，我且判断一下，他在哪些方面成功贯彻了自己的写作意图。

首先必须指出，他运用了一种完美的技巧来刻画人物的性格，使得他们的真实性十分令人信服。我们一见到他们就能接受他们，仿佛他们都是活生生的人，双脚站立于这个世界上。我们会觉得有关他们的一切都理所当然，就和我们生活中的管道修理工、杂货铺老板和医生等人一样，我们不会觉得他们是小说里的角色。比如，郝麦就是一个类似密考伯先生[1]的幽默形象。法国人熟悉他如同英国人熟悉密考伯先生，他们信任他也如同我们不信任密考伯先生。只因他和密考伯先生完全不同，他永远带着真挚，带着诚恳。

但我怎么也无法说服自己，爱玛·包法利竟会是一个农夫的女儿。确实，她身上有某种世人皆有的东西。在回答爱玛原型为谁时，福楼拜说："包法利夫人其实就是我本人。"确实，我们每个人都曾有过可笑而不切实际的幻想，幻想自己是富裕的、漂亮的、成功的，或是浪漫传奇中的男女主人公。也许正是因为我们大多数人太理智、太胆小或者太不喜欢冒险

---

[1] 狄更斯著名小说《大卫·科波菲尔》中的人物。

吧，所以并不会让幻想过多影响我们自身的行为。然而包法利夫人却是个例外，不唯她本人活在幻想中，连她的美貌亦是世所难见。其实发生在她身上的事情并非都具有福楼拜所追求的必然性。比如，在她对她的第一任情人失望的时候，竟患了脑膜炎，且一得就是四十三天，差一点进了鬼门关。据我所知，脑膜炎在那个年代就连医生们都不怎么熟悉。小说家们一直惯用某种特殊疾病作为搁置人物的借口，我推测福楼拜用这种病折磨包法利夫人，不过是想以这场既痛苦又费钱的病给她点训诫，但其实效果不大。此外，包法利医生的死也一样，他的死只是因为福楼拜想结束这本书罢了。

很多人都知道，福楼拜和出版商曾被起诉过，理由是《包法利夫人》不道德。我曾看过当时检察官和辩护律师的法庭发言记录。检察官还将一些被认为色情的章节当众读了出来，而这些章节在今天来看只会让人付之一笑，在当代小说中那比比皆是的性爱描写面前，它们显然太规矩了。然而在1857年，检察官却如此震惊，实叫人难以相信。辩护律师的辩护词则称，这些情节为小说所必需，且小说的总体道德倾向还是好的，虽然包法利夫人的行为比较放荡，但她最后还是得到了应有的惩罚。法官采纳了辩护律师的看法，最后宣判福楼拜等人无罪。不过，当时他们好像没想过，包法利夫人的悲惨结局是由她欠债导致的，而非通奸。另外，有关她的欠债描写也存在问题。由于福楼拜将其描述成农民的女儿，而以法国农民那样的经济头脑，没理由不圆滑地周旋于她的情人之间，以设法还清债务。

以上这些话，并非是对一部伟大作品的吹毛求疵。我只是想说，福楼拜想做的事情完全没有达到预期，因为那种事情本身就不可能完全做到。一部小说基本上是一连串事件的直观展示，小说家在叙述事件的过程中塑造出生动的人物，以吸引读者。小说并非现实生活的复制品，就像小说中的对话不能照搬现实生活中的交谈，它必须得提炼、概括出对话内容的基本要点，并赋予它现实生活中少有的简明扼要。也就是说，小说家对现实生活中的事物须加以变形，以适应其计划中的安排并维系读者的注意力。小说中必须舍去不相干的东西，重复的事情亦然。还有那些在现实中断断续续的、没什么关联的事，那些偶然和必然的事，往往也得在小说中进行重组。所以小说基本难免涉及那些现实中似乎不可能发生的情节。即使有些读者早习以为常的情节，并被当作现实生活中发生的一样理所当然地接受了，其实也是出自小说家的有意安排。小说家从来就无法提供现实生活的文学化摹本，他们只能尽可能勾画出一幅逼真的图画，这一点即便是现实主义小说家也不能例外。如果你相信了他勾勒的图画，那就是他的成功。

这方面，福楼拜可以说相当成功，其《包法利夫人》就表现出了极其真实的效果。之所以如此，我想不仅是因为他笔下的人物极其逼真，同时也因为福楼拜凭着异常敏锐的观察力，准确地运用每一个必要的细节，使其完美体现出他的基本意图。这部小说的结构也是一个亮点。小说的主角是爱玛·包法利，但小说以其丈夫包法利的早年生活和第一次婚姻作为开端，又以他的精神崩溃和死亡作为结尾。有些批评家对此颇为诟病，我却不这么认为，其实福楼拜应该是故意设计把爱玛的故事包裹在她丈夫的故事里,就如同把一幅画嵌在画框里一样。我深信,他一定感觉到这样做不仅能使小说圆满,同时也能给予作品艺术上的完整性。如果这真出于他的精心设计的话,那么,若非小说结束得匆忙和武断,这一设计意图恐怕会更为明显。

小说中有一个点,迄今还没有批评家注意到。所以现在我想提醒你,因为这是体现福楼拜写作技巧的一个绝佳例证。那是在爱玛结婚后的前几个月,当时她居住在一个叫道特的村子里,她极其讨厌那里,但为了小说的平衡性着想,福楼拜不得不拿出与其他部分相当的篇幅来细致描写她在那里的生活。这种描写按说是很难的,因为既要一直描写令主人公厌烦的事情,又要保证情节不会真的让读者觉得厌烦。而福楼拜显然成功地做到了这一点,当你阅读那一长段描述时,竟完全没有沉闷的感觉,反而会兴致盎然。我很好奇他是如何做到这一点的,于是试着把那一长段描写重读了一遍。然后我发现,福楼拜描写的一连串异常琐碎的事情中,每一件都是新鲜的,没有一件是重复的,你不感到厌倦是因为读到的描写始终是新的;同时,每件事情又的确是那样琐碎平淡,毫无激动人心的东西,那么从这里你就会确实而直观地,甚至震惊地体验到爱玛心中的厌烦情绪。包法利夫妇离开道特后,住在永镇。小说中那段对永镇的描写就显得有点游离于情节之外,不过也就仅有那一段而已,其他对乡村或市镇的描写都十分优美,并且和情节叙述完美匹配。它们都为情节服务,也应该如此。福楼拜善于通过人物的活动将人物介绍给读者,所以我们往往是循序渐进地了解他们的真实面目、生活方式和家庭背景的,就如同我们在现实生活中与人相识、相知一样。

我在前面说过,福楼拜十分清楚,要写一部展现庸人的小说,有落入枯燥乏味中去的风险。但他决意要写一部艺术作品,并认为唯有用优美的文体才能克服题材的卑琐和人物的粗鄙。我不确知世上是否有天生的文体家,但福楼拜肯定不是。他的那些在其去世后才面世出版的早期作品显得啰唆又浮夸,至于他写的那些信件,不仅没有体现出他非凡而优雅的语言能力，甚至还有不少文法错误。然而，就凭一部《包法利夫人》，他使自己成为法国最伟大的文体家之一。当然，一个外国人再怎么精通法语，充其量也只能评判出一个大概，若想翻译这部作品，必然会疏漏许多细节，很明显，原作的音乐性、用语的精妙贴切、韵味，肯定要失色不少。尽管如此，我觉得仍然有必要告诉读者，福楼拜所为之努力的目标是什么，以及他又是以何种方法达成目标的，因为所有国家的小说家都可以从他的理论和实践中获益匪浅。

福楼拜的座右铭来自布封的一句格言：想写得好，就得感觉到位，思考到位，叙述到位。他以为，要表达某样东西，只存在唯一贴切的词，不可能有第二个，措辞必须像手套适合手一样恰到好处。他想把散文写得既畅达又精确、既简洁又多样，像诗一样富有韵律、节奏和乐感，又不失散文的本色。为达到以上优美的效果，他不仅打算使用日常用语，若有必要，还打算使用粗俗的俚语。

当然，这一切他都做得相当出色，人们甚至一度认为他走得太远了。他曾表示："当我读一个句子感到有些不顺畅或者重复时，我就知道它一定是写错了。"同一页中，他尽量不重复使用同一个词，这就显得有点吹毛求疵了，若一个词在两个不同的地方都显得很贴切，那就该使用它，另找近义词代替或者婉转表达未必就好。他还尽量做到不被韵律束缚住（避免像乔治·穆尔在其后期著作中那样），并费尽心思使韵律多样化。他有一种特殊的能力，即让词语和语音交织在一起，使得他笔下的句子能给人传达出或快速、或缓慢、或倦怠、或紧张，以及任何他想要表达的情绪状态。在这里，纵使我有充足的知识，也没有足够的篇幅让我进一步谈论福楼拜文体的特殊性。但接下来我要说的是，他是怎样成为文体大师的。

首先一点，他非常勤奋。在写一部小说前，他势必要先找到所有相关材料阅读，并记下大量札记。然后，他会大概列出他想要表达的主要内容，拟出大纲，再在大纲基础上推敲、架构、删修、重写，直到达到预想的效果为止。做完这些，他就会走到外面的露台上，大声朗读之前写下的词句。他确信，若听上去有任何一点不那么顺耳，或读起来不那么通达的，那肯定是什么地方出了问题。若碰到了这种情况,他就会立刻返回房间修改、重写,直到最终满意为止。他曾在给朋友的一封信里说:"我整个星期一和星期二都在推敲两行句子。"这自然不是说他两天里只写了两句话,事实上,他很可能写了十几页,他的意思是说他花了两天时间的精力终于写出了两句像他预期中那样完美的句子。这样一来,我们也就不必惊讶于《包法利夫人》竟用了四年零七个月的时间才完成。

好了,能说的都说了。继《包法利夫人》之后,福楼拜还写了一部《萨朗波》,但普遍认为并不成功。然后他改写了自己多年前的作品《情感教育》,对这部小说他一直不甚满意。在其中,他再度将他对艾莉莎·施莱辛格的爱慕描写了一遍。法国许多著名批评家将此作品视为杰作,可外国人并不这么看,甚至觉得它乏味难读,因为其中许多内容并不让今天的外国人感兴趣。此后,他又三度重写了《圣安东尼的诱惑》。说来也真怪,一个如此才华横溢的小说家,具备如此完善的写作技巧,却在新作构思上如此贫乏。他总是一次次地重拾从年轻时就困扰他的旧主题,似乎只有当他最确切地把它们表达出来的时候，他的灵魂才能就此解脱。

时光荏苒，直到他外甥女卡罗琳都出嫁的时候，他仍和母亲一同住在克瓦塞，之后他的母亲也去世了。1870年法国战败后，卡罗琳的丈夫经济上出了问题。为使这对年轻夫妇不至于破产，福楼拜把自己名下的全部财产都转移给了他们，只给自己留下那幢他不忍舍弃的旧房子。以往富有的时候，他总对金钱嗤之以鼻，现在由于无私，他落入贫困之中。他开始为疾病担忧，于是十年未发的顽疾又开始经常复发。如今，不管是去巴黎还是出去吃饭，莫泊桑都会陪他一道，之后再把他送回家。他的一生虽然总是情场失意，但在社交场上，他却颇有一批忠实而热心的朋友。但随着这些人一个个地逝去，他晚年的时光也就越发孤独了。他极少离开克瓦塞，经常抽烟，酒也喝得多了。

他生前出版的最后一部作品是由三个短篇小说组成的短篇集，同时，他还在写一部名为《布法与白居谢》的长篇小说，打算最后再讽刺一下人类的愚蠢。依照其写书前勤奋和谨慎的惯例，他事先翻阅了 1500 本书，从中获取他认为必要的材料。这篇小说他计划写两部，且第一部已接近完稿。然而，1880 年 5 月 8 日上午 11 点钟，当女仆到他书房里去送午餐时，发现他正躺在沙发上，嘴里嘟囔着胡话。她赶紧请来医生，但医生也已无力回天。不到一小时，福楼拜便溘然逝世了。

一年之后，他的老朋友马克西姆·杜·冈独自一人到巴登度夏。一天，他外出打猎，途中不知不觉来到一家名为伊累诺的疯人院门口。大门正敞开着，病人们在进行每天的例行散步。他们两两并排地从大门里走出来，其中有位女病人忽然来到杜·冈面前，并朝他鞠躬。杜·冈仔细一看，发现那个女病人竟是艾莉莎·施莱辛格——福楼拜生前曾那么热烈、长久而又如此徒劳地爱着的女人。

列夫·托尔斯泰 | 1828.9.9—1910.11.20

读《战争与和平》,兼谈托尔斯泰的为人与信仰

在我心中,世界上最伟大的小说家是巴尔扎克,但世界上最伟大的小说是托尔斯泰的《战争与和平》。这本小说描写的场面如此恢宏,描述的历史时期如此重要,小说中出现的人物又如此众多,简直前无古人,我想,大概也后无来者。这本小说被称为史诗自是理所当然,除此之外,我不知道还有哪部小说更配得上这个称谓。托尔斯泰有位才华出众的批评家朋友——斯特拉霍夫,曾用这样有力的语言评价过《战争与和平》:"一幅人类生活的完美图画,一幅该时代俄罗斯的完美图画,一幅供所有人感悟的有关欢

乐与悲哀、伟大与耻辱的完美图画，这就是《战争与和平》。"

托尔斯泰在36岁那年开始创作《战争与和平》，一般情况，这个年龄的作家正处于创作鼎盛时期，可他仍旧花了六年之久来完成这部小说。小说以拿破仑战争时期为时代背景，以拿破仑入侵俄国、莫斯科大火和法军的溃败与撤退作为高潮。最初，托尔斯泰只是想讲述一个以历史事件作为背景的贵族家庭的故事，按刚开始的这种设想，男女主人公将历经各种变故与不幸，饱受精神上的折磨，最后得到灵魂净化，过上宁静的生活。然而，写到后来，托尔斯泰逐渐将小说叙事的重点转移到两个大国间的军事冲突上，并依托自己广泛收集的资料从而建构出一种历史哲学，关于这一点我将在后面简单讲述。

据说，整部小说中大约有500个人物。每个人物都被作者赋予鲜明的个性，一一呈现在读者面前，这是一件很了不起的事。与阅读其他小说不同，读者在阅读这本小说时不能仅仅注意两三个主要人物，而要把注意力分给四个贵族家庭，即罗斯托夫家族、保尔康斯基家族、库拉金家族和别素号夫家族。由于小说主题上的要求，作者需要描写的就不止一组人物了，如何使一组人物过渡到另一组人物的描写显得自然，以便顺利地引导读者跟随他的叙述，便是他必须克服的一大困难。此外，作者在向人们介绍某组人物的同时，还得提前使他们做好准备，以便接受另一组人物的信息。托尔斯泰在这些方面有着十分巧妙的安排，使读者在阅读过程中几乎察觉不到过渡，始终紧跟着一条故事线索。

和大多数小说家一样，托尔斯泰在塑造人物的时候也是以自己认识或熟悉的人为原型。当然，这些生活中的人只是他塑造人物的模特儿，在他丰富想象力的作用下，他们一个个成为他独创的艺术形象。据说，小说中挥霍铺张的老罗斯托夫伯爵便是托尔斯泰以自己的祖父为原型塑造的，尼古拉·罗斯托夫的原型是他的父亲，而他的母亲到了小说中便化身为那位哀婉动人的玛丽公爵小姐。人们通常认为，《战争与和平》中的两个男主人公（彼埃尔·别素号夫和安德烈公爵）身上同时有着托尔斯泰本人的影子。这种猜测并不离奇，我想可能是托尔斯泰有意识地塑造出相互对照的两个人物，表现自己性格中矛盾的两面，以此来呈现和探索自己的内心世界。这两个主人公有一个相同之处，他们都像托尔斯泰一样，想追求精神上的平静，找寻生死之谜的答案；也像托尔斯泰一样，他们最终都没有找到答案。除这点外，他们之间就大相径庭了。安德烈公爵是一个颇有骑士风度和浪漫色彩的形象，以自身的血统和门第为荣，气质高贵，但难免有些骄纵傲慢，甚至有一点狭隘和不近人情。然而，这些缺陷也正好构成他吸引读者的魅力。彼埃尔不像安德烈公爵，他善良，温和，宽宏，谦虚，文雅，且富有自我牺牲精神。但他有着优柔软弱的性格缺陷，易轻信别人且易受欺骗，简直令人难以接受。彼埃尔一心向善，这固然令人感动，然而有必要为此把他写成一个傻瓜吗？他一直深陷谜一样的疑团中，为找寻答案，他加入了共济会，之后书中光对他在共济会里的所见所闻便用了大量篇幅，实在沉闷至极。

两位男主人公共同爱上了罗斯托夫伯爵的小女儿

娜塔莎，娜塔莎可以称得上是小说中最可爱的少女形象。要塑造一个迷人而又有趣的少女形象本就不易。许多小说中，作者塑造的少女形象不是太苍白（如《名利场》中的爱米莉），就是太古板（如《曼斯菲尔德庄园》中的芬妮），不是太伶俐（如《利己主义者》中的康丝坦迪亚·杜兰姆），就是太蠢笨（如《大卫·科波菲尔》中的朵拉），这些少女要么卖弄风情、不知羞耻，要么就天真无知得让人难以置信。少女形象的拿捏是最让小说家头疼的。这不难理解，她们过于年轻幼稚，尚未形成自己的个性。画家可以在画纸上为一个饱经俗世风霜、脸上写满人间世事的人赋予深意，却不能为一名少女画出除一张美丽脸庞和一点青春活力之外的任何东西。然而，托尔斯泰对娜塔莎的塑造却极为自然。她温柔，敏感，富于同情心且满怀希望；她稚气未脱，却已微露出女性的气息；她满怀理想，又性情急躁；她乐于助人，既任性又富有主见，方方面面都散发着迷人的魅力。托尔斯泰塑造过许多真实、生动的女性形象，但没有谁能比娜塔莎更令人倾心。

由于篇幅浩大，托尔斯泰花费了多年的时间完成小说，小说创作过程中，他的热情难免会有所减弱。我之前说小说中关于彼埃尔在共济会的所见所闻的描写显得冗长乏味，一直到小说将近结尾时，我似乎感到托尔斯泰对他自己塑造的人物失去了兴趣。他开始转移笔锋，阐述一种历史哲学。他有一种不同于一般人的看法，他相信影响历史进程的是一种神秘的无可名状的力量，而非常人所认为的那些伟大的人物，这种神秘力量在各个民族之间游走，不知不觉中引导它们走向胜利或失败。不管是亚历山大、恺撒或者拿破仑，他们全都是这一力量的傀儡，被一股不可抗拒又无法驾驭的力量所驱使。致使拿破仑打胜仗的，不是他的计谋智慧，也不是他麾下的百万雄兵，事实上，很多他发号的施令并未及时传达，有些命令甚至在送达后也未被执行。他取胜的关键在于敌人的作茧自缚，敌人总是莫名其妙地认为自己已经战败了，便主动放弃阵地。托尔斯泰认为俄军总司令库图佐夫才是这场战争中真正的英雄，因为他什么都没有做，只是静静等候着法军自己毁灭了自己。托尔斯泰的历史哲学有正有误,这很像他在《什么是艺术》一书中阐述的艺术哲学,既有真知灼见,也有偏见谬误。虽然我的学识还不足以详细探讨他的历史哲学,但我从不怀疑,他之所以花费大量篇幅描述莫斯科大撤退,目的在于阐明他自己的历史哲学观点。这部作品也许能算是优秀的历史文献,却不能说是出色的小说。

我们在这部巨著的后段看出托尔斯泰的创作激情开始减退,但在小说结尾处,他充沛的创作力被再次激活。《战争与和平》的结尾称得上极富新意、精彩绝伦。之前的小说家习惯在讲述完故事之余,为读者交代主人公的最终结局,最常见的便是男女主人公从此在一起过上幸福的生活,并生养一群可爱的孩子;对于小说中那些反派,若惩罚还未降临,就简明交代他们终会恶有恶报,一贫如洗,甚至娶一个终日唠叨的丑陋老婆;等等。很多时候,这种交代显得十分草率,只有三言两语,简直像小说家随便扔下一点残羹剩饭就打发了读者,草草收场。显然,托尔斯泰赋予小说的结尾一种真正重要的意义。小说结尾,他重新把读者引进尼古拉·罗斯托夫(老伯爵的儿子)的庄园，七年后的尼古拉娶了一个有钱的妻子，并有了孩子；此时，彼埃尔和娜塔莎也住在尼古拉斯家里，同样结婚、生子，但却再也没有了过去的激情和理想，曾经对于生活的向往和追求也一去不返。尽管他们依然相爱，但他们变成了庸人。经历过生活的艰难困苦，他们开始变得平静，也陷入一种中年人的自足。过去漂亮、活泼、招人喜爱的娜塔莎，变成了一个婆婆妈妈的家庭主妇。过去英俊潇洒、神采飞扬的尼古拉·罗斯托夫则成了一个地地道道的乡下地主。彼埃尔变得更胖，还是那副好脾气，一点都没变聪明。这个结局虽稀松平常，却有着深刻的悲剧意味。我想，托尔斯泰没有故意设置一个更加激烈昂扬的结尾，只是因为他明白，人生的结局不过如此。他只是实话实说而已。

托尔斯泰生于一个极少产生伟大作家的乡村贵族家庭。作为尼古拉·托尔斯泰伯爵和玛丽亚·伏尔康斯基伯爵夫人的五个孩子之一，他最小。他出生在母亲的祖宅——雅斯纳雅·波良纳，在他还是个孩子的时候,父母便离世了。他最初随一个家庭教师接受教育,后来进入喀山大学读书,随后又转入圣彼得堡大学。他成绩很差,以至于没有拿到任何文凭。是他那些贵族亲友带他进入社交界,起初在喀山,后来是圣彼得堡和莫斯科。他也去舞厅跳舞,去剧院看戏,还经常参加一些在贵族家庭举办的宴会。他在高加索山区服的兵役,并参加了克里米亚战争。

这段时期,他沉迷于狂饮滥赌,甚至卖掉雅斯纳雅·波良纳庄园里的房子,只为偿还赌债,那还是他从父亲那里继承来的部分家产。他性欲旺盛,曾在高加索时染上过梅毒。根据他自己日记里的记录,在一个狂欢之夜,他赌博,玩弄女人,和吉卜赛人一起狂饮烂醉——从很多俄国小说里可以看出,这种狂饮普遍上呈现的是(或过去是)俄国人寻欢作乐的一种传统方式。对自己的这种行为,他怀有强烈的悔意,但一有机会还是会重蹈覆辙。托尔斯泰身体健壮,可以整天走路,连续骑马 10~12 小时也不会觉得疲劳,但他的身材并不高大,相貌也很普通。"我知道,我长得并不好看,"他曾经这样写道,"我也因此感到绝望,世界不会施舍幸福给一个宽鼻梁、厚嘴唇且长着一对灰色的小眼睛的人的,我只求能有奇迹降临,让我变得英俊一些。我可以为了拥有一张漂亮的脸而放弃我现在拥有的以及将来可能得到的一切。"他那张朴实的脸其实很有活力与精神,也很吸引人,他对此并不自知;再加上眼神和谈吐,他甚至颇有魅力。那时候,他对穿着很讲究(他和可怜的司汤达一样,寄希望于用时髦的穿着来弥补相貌上的丑陋),还经常炫耀自己高贵的门第。他在喀山大学读书时的一个同学曾经这样描述他:"我刻意回避这位伯爵。第一次见他时,他的冷漠和傲慢,那短而硬的头发,和那眯着眼睛的神情,以及眼中露出的犀利目光,很不讨人喜欢。我从未见过摆出这样一副傲慢而奇怪的样子的年轻人,这真令人难以理解……他对于我的问候几乎从不理睬,似乎在表明我和他出于某种原因是完全不平等的……"托尔斯泰在军队时,对待那些军官同僚也是这样一种轻蔑态度。"开始,"他写道,"我对这里的很多事情感到惊奇,想慢慢适应这里的环境,我必须和那些先生保持距离。我选择一种恰到好处的中间姿态,对他们既不太亲近,也不太疏远。"

托尔斯泰在高加索和塞瓦斯托波尔先后写下一些随笔和短篇小说,还有一篇充满浪漫气息的关于自己童年生活的中篇小说。这些作品在一本杂志发表后,受到广泛的好评,也因此,在他离开战场回到圣彼得堡时,受到了当地文人的热烈欢迎。然而,他却不怎么喜欢他们,直到后来他们也不喜欢他了。他自认为是一个坦诚的人,却从不相信他人的坦诚。他与当时的流行观念格格不入。他动辄就要发火,粗暴地驳斥他人,全然不在乎别人的感受。屠格涅夫曾说,托尔斯泰习惯用审判官似的目光打量他人,这让人不胜困窘。这种审判官似的目光,再加之刻薄辛辣的挖苦,足够让人恼羞成怒。他总是对他人近乎苛刻地非难,可一旦读到一封提到他时不太尊重的信,他就会立刻向写信者提出挑战。他的朋友曾费了很大的劲才阻止他进行一场荒谬的决斗。

那段时间,俄国刮起了自由主义的大风,解放农奴在当时是压倒一切的大事。托尔斯泰在首都过了几个月放荡的生活后,回到雅斯纳雅·波良纳。他向庄园里的农奴提出一项计划,要给他们自由,却遭到拒绝,因为农奴们不相信他。后来,他为农奴们的孩子开办了一所学校。他的教育观念很新颖:学生可以不上学,在学校里也可以不听教师讲课,没有人会因为不遵守纪律而受到惩罚。他整天和学生们待在一起,亲自教他们读书,晚上陪他们一起玩,给他们讲故事、唱歌,一直到深夜。

正是在这期间,托尔斯泰与一个农奴的妻子生下了一个私生子。多年以后,这个名叫提摩西的私生子成了他的几个孩子的马车夫。托尔斯泰的传记作者们对此兴趣颇浓,因为托尔斯泰的父亲也曾有过一个私生子,而且这个私生子在后来也成了家里的马车夫。以我之见,托尔斯泰在道德上是有过失的。我本以为托尔斯泰想解救农奴,让他们脱离贫穷、困苦和接受教育是出于真诚之心,但既然他抱着一种自我谴责的道德良心,至少也该为他的私生子做些什么吧。屠格涅夫也有一个私生女,可他很照顾她,让她接受教育,始终关心她的幸福。我时常怀疑,托尔斯泰在看到自己的私生子（至少和他有血缘关系）在为小儿子们（他们不过是合法婚姻的产物）驱赶马车时，心里会不会感到丝毫的羞愧？

托尔斯泰的性格有个很大的特点：对新鲜事物总是满怀热情，却又很快归于厌倦。他缺乏一种坚韧持久的沉稳品质。因为对自己的努力结果感到失望，他的学校在开办两年后就关闭了。因为常常疲倦和不满，他的身体状况也越来越差。他后来回忆说，要不是结婚这件他尚未尝试的事情吸引着他，他的人生只怕早已陷入绝望。

他决定试着结婚了。那一年，34岁的托尔斯泰娶了18岁的索尼娅为妻，索尼娅是贝尔斯博士的小女儿。贝尔斯博士作为一名内科医生，在莫斯科的上流社会中颇有声望，也很受欢迎，他也是托尔斯泰家的老朋友。婚后，他们在雅斯纳雅·波良纳定居。最初的11年间，索尼娅生了8个孩子，后来15年她又生了5个。托尔斯泰热爱骑马和打猎，骑术也很不错。结婚后，他的经济状况有了很大的改善，于是他买下位于伏尔加河东面的一座新庄园，算起来，他拥有的土地大约有一万六千英亩。他开始过上了如大多俄国乡村贵族一样的按部就班的生活。那时的俄国,大多数贵族的经历无非是这样:年轻时赌博,酗酒,玩弄女人,结婚后便定居在庄园里,生儿育女,骑马打猎,经营自己的产业。和托尔斯泰一样,这些贵族中间的不少人有自由主义倾向,他们为农奴的无知、贫穷以及恶劣的生活状况感到忧虑,一心想改变农奴的命运。然而,托尔斯泰有一点与他们不同,在过着相同生活的同时,他写下了世界上最伟大的两部小说——《战争与和平》和《安娜·卡列尼娜》。对于这种事情的发生,我们无法解释,这就好比苏塞克斯郡的一个老派绅士的儿子[1]竟然能写出《西风颂》一样。

据说,年轻的索尼娅极富魅力,她有着姣好的身材、漂亮的眼睛、性感的鼻子,还有一头乌黑发亮的秀发;她活力四射,精神饱满,嗓音悦耳动人。婚前,托尔斯泰写过一段时间日记,日记中有他自己的

---

[1] 指英国大诗人雪莱。

希望和思考、祈求和自责,也记录了他的一些过错,例如酗酒、嫖妓和其他事情。与索尼娅订婚后,本着不向未来的妻子有所隐瞒的精神,他向她公开了自己的日记。索尼娅大感震惊,流着泪看完,彻夜未眠。第二天,她把日记还给他的同时宽恕了他。然而,宽恕并不等于忘记。两人都属于容易激动的人,而且个性都很强,一般来说,这样的人总会有一些脾气令人难以承受。索尼娅苛刻,占有欲强,嫉妒心重;托尔斯泰则是既严厉又固执。在孩子出生后,托尔斯泰坚持要索尼娅亲自给孩子喂奶。她本来也愿意这么做,只是有一次,由于刚生完孩子,她的乳房疼得厉害,就把婴儿交给奶妈喂养,谁知托尔斯泰竟为此大发脾气。他们时常吵架,但最终又会和解。他们始终深爱着对方,总体而言,他们拥有着美满的婚姻。托尔斯泰的工作很辛苦,既要管理庄园,又要从事写作。由于他的笔迹很潦草,在完成每张手稿后,索尼娅都要誊写一遍。因此,她越来越善于辨认他的笔迹,甚至仅凭自己的猜测,就能整理好他那些仓促记下的简短笔记和不完整的句子。据说,她整整誊抄过 7 遍《战争与和平》的手稿。

西蒙教授曾经这样描述过托尔斯泰的一天:"早饭时,全家人聚在一起,男主人的妙语连珠使得用餐气氛既轻松又活泼。吃完饭,他起身说一句'该工作了',便倒杯浓茶,钻进书房。一直到下午,他再次出来锻炼身体,通常是散步和骑马。到5点钟,回家吃晚饭,经常是狼吞虎咽。吃饱以后,他会讲述自己散步时的所见所闻,讲得生动有趣,令所有人开怀大笑。饭后,他回到书房读书,到了晚上8点,他和家人及来访者一起喝茶、听音乐、朗读,或者和孩子们玩游戏。"

之后的许多年里,托尔斯泰一直持续过着这样的生活,这是一种忙碌而有益的、令人心满意足的生活:妻子养育孩子,料理家务,帮助丈夫誊抄手稿;丈夫则骑马打猎,管理庄园,搞自己的小说创作。然而,托尔斯泰正一天天逼近50岁,对任何男人而言,这都是一个危机时期。青春已逝,回首过往他不禁自我询问,这一生究竟得到了什么;展望前路,暮年将至,他又不免对暗淡的前景心生沮丧。他这一生,总有一种恐惧如影随形——那正是对死亡的恐惧。人固有一死，除非遇险或者身患重病，绝大多数理智的人平时是不会想到死亡的。然而，在托尔斯泰眼里，死亡却是一种近在眼前的凶兆。他在《忏悔录》一书中这样描述自己当时的心境：

> 五年以前，我感觉到某种非常奇怪的事情开始在我身上发生了。最初，我有时候会感到困惑，感觉到生活压抑，简直像不知道该怎么生活，自己该做些什么似的。那种空虚而不知所措的感觉令我变得气馁起来。但好在这种情况总算过去了，我又回归到以前那样的生活。然后，那种困惑的时刻，越来越经常的，总是以同样的方式出现。它们总是表现为这样：我常常会有一些疑问，比如，活着是为了什么？它意味着什么？我觉得我一直赖以立足的地基坍塌了，在我脚下什么都没有了。我赖以生存的东西不再存在了，我没有任何东西可以立身。我的生命也停止了。我虽然还能够呼吸、吃喝、睡觉，当然我不能不

做这些事情；但是我没有生命，因为我失去了希望，不再有那种我认为有理由去实现的希望。

这一切开始落到我头上，正是我被那种所谓十全十美的好运气包围的时候。我还不到50岁，我有一个爱我的好妻子，而我也爱她；我有可爱的孩子们，有一个很大的庄园，我没费多少力气就使它得到了改善和扩展……人们称赞我，而如果说我很出名，那也不是太大的自欺……我的精神和肉体一样强壮，这在我的同类中还很少见到：就体力而言，我能够如农民一般同步刈割；在脑力方面，我能够一口气工作八到十个小时而不会生病。

我的精神状态开始以这样一种方式向我显现：我的生命是别人对我开的一个愚蠢、残忍和恶毒的玩笑。

托尔斯泰从少年时代起便不再相信上帝。由于缺乏信仰，他常常感到空虚与烦闷，他需要一种观念帮助他解开生命的谜题。他为此自我追问："我为什么活着?我应该怎样活着?"却无法找到答案。于是,他再次恢复了对上帝的信仰。他通过一种推理找回这种信仰,对他这种性格亢奋的人来说,显得有些奇怪。"既然我存在,"他写道,"那就一定有其原因。人们叫作上帝的那个东西,便是所有这一切的最终原因。"这是有关上帝的最为原始的一种论断。在那个时候,他仍然不相信一个具有人格的上帝,也不相信死亡降临后生命还会继续存在。然而到了后来,当他开始认为自我意识也属于上帝的一部分时,他才觉得生命随着肉体的死亡而停止这个观念便变得有点不可理解了。托尔斯泰有一阵子曾坚信俄国东正教会,但不久后他发现那些神职人员的生活和他们所宣扬的教义并不相符时,他对教会开始产生反感。他觉得没必要相信神职人员灌输的那些东西,他只愿意接受能够用简单实际的道理证实的东西。他开始接近那些贫苦、卑微和没有文化的信徒,随着对他们的生活的深入观察,他越来越相信,尽管他们的信仰带有迷信色彩,却是一种纯粹的信仰。对他们而言,产生这样的信仰是必然的,因为它赋予他们的生活唯一的意义,他们只有依靠这种信仰才能生活下去。

在经过几年的痛苦、反省与沉思后,托尔斯泰终于确立了自己的观念。我在这里勉强尝试简明扼要地概括一下他的观念,当然这并非易事。他否定教会的那一套宗教仪式,这种仪式在基督的教诲中找不到根据,施行仪式只不过是给真理抹黑。他还否定教会解释基督原则时所形成的教义,认为它们是荒谬的,是对人类理性的侮辱。他只愿相信那些只能在耶稣的言论中找到的真理。他认为耶稣教诲的精髓就包含在"勿抗恶"的箴言中,具体体现为这一命令:"不要发誓"——他坚信,不仅适用于一般的赌咒,"不要发誓"适用于任何形式的誓言,包括证人席上的宣誓和士兵们入伍时的宣誓。另外它还体现在这一训诫中:"爱你的敌人,祝福那些诅咒你的人吧。"根据这种说法,人们不可以向自己的敌人宣战,即使遭受攻击也不能以武力反击。在他看来,坚信一种主张就意味着采取行动,他既然得出了这样的结论,认为基督教的宗旨是爱、谦卑、自我否定和以善报恶,那他就得义不容辞地放弃生命的享乐,投身劳作,经受贫苦,贬低自己，宽恕他人。

然而，索尼娅是一名虔诚的东正教徒，她坚持顺从上帝的旨意，给孩子们进行宗教教育，在自己的位置上做到尽职尽责。她并不是一个很有灵性的女人，实际上，她也没那么多精力去培养自己的灵性，她除了要生养那么多孩子，哺育他们，让他们接受良好的教育，还得管理这么大一个庄园的事务。她对丈夫改变信仰后的观念既不理解也不赞同，可她还是以足够的耐心包容了它。不过，对于丈夫将信仰付诸行动这一点，她无法容忍，也毫不犹豫地表明了自己的态度。托尔斯泰觉得自己不该依靠别人的劳动生活，便自己生炉火，自己打水、料理衣物。他甚至请来一个鞋匠学习制作靴子，只为自食其力。他在庄园里和农奴们一起干活儿：耕地、运干草、伐木。对此，索尼娅很不高兴，在她看来，一天到晚干苦力对托尔斯泰毫无益处，即使在农奴中间，这些活儿也是由年轻人来干的。

"你一定会这么说，"她在给托尔斯泰的一张字条中写道，"这种生活和你的观念很合拍，你喜欢这样，但这并非一回事。我只想说：愿你过得快乐！可我还是很生气，因为你把精力全浪费在伐木、烧茶炊和做靴子当中。这些事作为休闲或者调节一下头脑毫无问题，但你不能把它们当作正事啊。"她说得没错。托尔斯泰那种认为体力劳动在任何方面都要比脑力劳动高尚的想法很愚蠢。即使他认为自己不该写小说给那些闲人阅读，他也完全可以找到比做靴子更有意义的事。况且他做的靴子质量非常差，根本没法穿。他变得与农民一样穿着打扮，不修边幅，邋里邋遢。据说有一次装完粪便后他竟然直接进门吃晚饭，身上散发的臭气熏得人不得不打开窗子。他彻底丢弃了过去打猎的爱好，成为素食主义者。他认为人们不该为了吃就杀害动物，将其摆上餐桌。多年来，他一直控制着自己的酒量，直到彻底戒酒。在经过一场痛苦的自我斗争后，他又成功戒了烟。

孩子们渐已长大，大女儿达尼亚即将到参加社交活动的年龄了。为了孩子们的教育，索尼娅坚持全家搬去莫斯科过冬。尽管托尔斯泰不喜欢城市生活，但还是遵从了妻子的决定。在莫斯科，托尔斯泰见识到了惊人的贫富差距。"我在过去、现在和将来都会觉得,"他曾这样写道,"要是我有多余的食物而别人没有,我有多余的衣服而别人没有,我便产生一种此起彼伏的罪恶感。"若要说服他,世上本来就有贫富之分,而且它们也将永不消失,是无济于事的,他不会认可。托尔斯泰曾探访过一个供赤贫者夜间留宿的地方,亲眼看见了那里的可怕情形后,想到自己回家后将享用有五道大菜的晚餐,身边有两名身穿礼服、戴着白领结和白手套的男仆侍候,他便感到无比羞愧。他把钱分给那些向他求助的穷人,却起到了坏的作用,他们拿着他施舍的钱喝酒、赌博。"金钱即罪恶,"他气愤地说,"施舍别人钱财,也同于作恶。"按照这个想法再往下发展一点,就会产生这样的观念:财产本不道德,拥有财产就是犯罪。

对托尔斯泰而言,下一步的选择变得明朗了:他决定放弃自己拥有的一切。在这个问题上,他和妻子发生了激烈的冲突。索尼娅不想让自己沦为乞丐,更不想让孩子们一贫如洗。她威胁托尔斯泰,要到法院去起诉他,要求法院宣布他已丧失管理财产的能力。

不知他们经历了多么激烈的争吵，托尔斯泰提出把自己的财产划归给她，却被她拒绝了。最终，她还是同意和孩子们一起分割他的财产。那几年，他们持续不断地争吵，托尔斯泰曾不止一次离家出走，但每当念及对妻子的伤害，他又会带着沉重的心情回到家中。他仍旧住在雅斯纳雅·波良纳，尽管家里的生活已相当节制，他仍为这种奢侈而感到羞愧。家庭关系还是处于失和的状态。他不赞成索尼娅安排孩子们去接受所谓的正规教育，索尼娅阻挠他按自己的想法处理财产，对此，他不能原谅。

在改变信仰之后，托尔斯泰又生活了30年，由于篇幅所限，我无法细述这30年间的情形，不得不将许多重要的事情隐去。总之，托尔斯泰成为一个引发公众崇拜的偶像，不仅被视作俄国最伟大的作家，而且还集小说家、民众导师和道德家等身份于一身，在世界各地都赢得了巨大声誉。有些人出于信奉他的学说，想按照他的原则来生活，甚至建立了自己的聚居地。然而，当他们真正实践起托尔斯泰的不抗恶原则时，却遇到很多困难。关于他们有许多滑稽可笑的传言,却也引人深思。所幸托尔斯泰生性多疑,又极为好辩,他坚持认定,这是一些居心不良的人造的谣,为此还得罪了不少朋友。无论如何,托尔斯泰的名声越来越大,大批的学生、朝圣的香客、旅游者、崇拜者,以及信徒、富人和穷人、贵族和平民都涌向雅斯纳雅·波良纳。

我前面讲过,索尼娅是一个有着极强妒忌心和占有欲的女人。由于一直想独占她的丈夫,她对陌生人前来骚扰她的家庭生活感到非常厌烦。她甚至不惜贬低她的丈夫,来表达自己的不满和痛苦。"他在向人们讲述他那些美妙的想法时,"她写道,"每逢谈到自己就多愁善感,事实上,他却依然过着和之前一样的生活,既好吃,又热衷于骑自行车、骑马,还有淫欲。"在另外一篇日记里,她这样写道:"我没法不抱怨,他为了所谓的人民幸福,把自己的家庭生活搞得乌烟瘴气,对我来说,活得越来越辛苦。为了他的素食主义,我得花费更多的金钱和精力来准备双份晚餐。家里人没兴趣听他喋喋不休的关于爱和善的说教,他就把形形色色的下等人搅到我们的生活中来。"

年轻的切尔特科夫属于第一批接受托尔斯泰思想的人。他很富有，是个近卫军上尉，在信仰不抗恶原则之后便辞去了军队里的职务。他是个诚实的理想主义者，心肠热，却生性专横，喜欢把自己的意志强加给别人。爱尔蒙·莫德[1]曾说过，凡是和他接触过的人，要么成为他手中的工具，要么就和他起过冲突，要么被迫逃之夭夭。一直到托尔斯泰去世，他们之间是一种相互依赖的关系，索尼娅为他有着能够影响托尔斯泰的本领而大为恼火。

托尔斯泰的思想被他身边很多朋友视为偏激之论，只有切尔特科夫一直鼓励他走向更远处，让他更加坚定、执着地实践自己的理想。由于过度思考道德的自我完善，托尔斯泰已无心管理庄园。原本每年能从庄园收入3万美元，现在却不到2500美元。这些钱显然无法维持家用，也不够支付孩子们的教育费用。因此，索尼娅说服丈夫，拿到了他1881年以前所创作的全部作品的版权，想借钱开一家出版社，将

1　英国传记作家，以《托尔斯泰传》闻名。

作品出版发行。这件事完成得很出色,索尼娅如愿赚够了支付家中各种开销的钱。然而,将作品的版权据为己有显然违背了托尔斯泰的理念,在他看来,任何个人财产都是不道德的。与此同时,切尔特科夫一直劝说托尔斯泰放弃他在1881年以后创作作品的版权,并对外宣布它们是公共财产,可供任何人出版。这本就够索尼娅恼火的了,谁知托尔斯泰的要求更甚,他想从她那里重新要回早期作品的版权,连同后期作品的版权一并放弃,这其中包括他很有名的一些小说。索尼娅拒绝了他,因为出版作品所得的收入是自己家庭生活开支的主要来源。就这样,无休止的争吵又在家中开始了。托尔斯泰夹在索尼娅和切尔特科夫之间,不得安宁。他们都有自己的一套理念,无论哪一方说出的理由,托尔斯泰都难以否定。

1896年,托尔斯泰68岁。他已结婚34年,孩子们大多长大,二女儿也快要出嫁了。偏偏这时,家里发生了一件极不光彩的事。52岁的索尼娅爱上了一个名叫塔纳耶夫的年轻作曲家。这让托尔斯泰感到无比震惊、羞愧和愤怒,他曾在写给索尼娅的一封信中说:"你和塔纳耶夫之间过分亲密的关系让我感到恶心,我不能无动于衷地容忍它。如果我继续和你在一起生活,我将不久于人世,我的名誉也势必受到玷污。你知道,我已经为此苦恼了整整一年。我曾强忍着愤怒告诉过你这些,请求你不要继续下去。那之后,我尝试保持平静,只是在做了很多的努力后仍然失败了。你们仍然在继续发展那种关系,而且我能想象,它将一直这样发展到头,我实在忍不下去了。很明显,你不肯放弃这种关系,那我们只有一条路可走了——分离。我已经下定决心要这么做了,只是我必须找到一种最合适的方法。我认为,最合适的方法就是出国,我们总会想出一个最好的办法。但有一点是肯定的——不能再让现在这种情况继续下去了。"

然而,他们并没有分开,只是继续让生活变得更加难以忍受。索尼娅仍旧难以脱离情网,狂热不休地纠缠那个作曲家。作曲家刚开始可能也感到兴奋,但很快便厌倦了这种他无以为报、让他显得可笑的热情。索尼娅终于意识到他在故意躲避她,最后,他更是当众羞辱了她。这深深地伤害了她,没过多久,她终于认清他只是一个"厚颜无耻、精神和肉体上都粗鄙不堪"的人。这场不太体面的风流事终于到此结束。

到了这时,托尔斯泰夫妇之间的不和已尽人皆知。索尼娅为此深感痛苦,因为托尔斯泰的信徒们——他们也是他现在仅有的朋友——都站在他这一边,他们公开表示对索尼娅的敌意,认为她阻碍了托尔斯泰践行他与信徒们共同的理想。然而,托尔斯泰并没有因为信仰的转变而感到任何幸福。他失去了以往的朋友,家庭中又有如此巨大的矛盾,与妻子整天争吵。他的追随者们责备他仍旧过着优越、舒适的生活,他也因此感到羞愧。他在日记中写道:"在我人生的第 70 个年头,我全部的希望便是得到平静和安宁,虽然这并非我的本意,但比起生活在实际需求和道德良心的激烈矛盾之中,这要好得多。"

他的身体状况开始变得糟糕。之后的 10 年中,他生了很多次病,有一次严重到差点死去。在这一时期认识他的高尔基曾这样描绘过他:"他身材瘦小,头发灰白,眼睛却比以前更加有神,看人的目光也更加锐利,他的皱纹很深,蓄着一把又大又长的白胡子。"他已经是个80岁的老人了。一年过去,又是一年,他82岁。他衰老得很快,看起来将不久于人世,但夫妇俩仍然为那些无聊的争吵所苦。显然,切尔特科夫并不像托尔斯泰那样视财产为罪恶,他在雅斯纳雅·波良纳附近买了一座庄园,这更加方便了他和托尔斯泰之间的往来。他开始催促托尔斯泰实施那个在死后向社会公开所有著作权的计划。这一行为激怒了托尔斯泰的夫人,因为这样一来托尔斯泰在25年前划归给她的那些小说版权无疑会被剥夺。长久以来,她和切尔特科夫之间积累起来的敌意终于爆发成一场公开的争辩。除了深受切尔特科夫的影响的小女儿亚历山德拉,孩子们都站在母亲一边。虽然托尔斯泰早已把庄园分给他们,但他们仍然不想过他所希望的那种生活,更弄不明白为什么非要放弃版权,白白丢掉一大笔收入。面对家里人的施压,托尔斯泰仍旧执意立了一份遗嘱,宣布在他去世后,所有作品的版权都将赠送给公众,存留的手稿也交由切尔特科夫保管,以便他向所有愿意出版他作品的人们提供方便。

在这份遗嘱尚不具备法律效力的情况下,切尔特科夫劝托尔斯泰另立了一份遗嘱。他们偷偷将公证人带进家中,为不惊扰托尔斯泰夫人,他们将书房的门紧紧锁好,就在书房里,托尔斯泰亲手把遗嘱抄了一遍。在这份遗嘱中,托尔斯泰按照切尔特科夫的提议将所有作品的版权划归给了小女儿亚历山德拉。切尔特科夫后来说起这么做的理由:"我认为,托尔斯泰的夫人和子女一定不愿让一个非家庭成员继承和管理他的版权。"他说得有道理,这份遗嘱会使其他人失去最主要的收入。但是,这仍然没有让切尔特科夫感到十分满意,他又起草了一份遗嘱,在他庄园附近树林中的一个树桩上,托尔斯泰又将遗嘱抄了一遍。在这份遗嘱中,切尔特科夫得到了手稿的绝对控制权。

在留存的手稿里,最重要的是托尔斯泰晚年的日记。他早期的日记一直由索尼娅保管,但最近10年的日记都交给了切尔特科夫。索尼娅一直想把这10年的日记要回来,一方面因为这些日记的发表可带来丰厚的收入,更重要的是,索尼娅不愿让这些真实记录着夫妻间不和的日记公之于众。她派人到切尔特科夫那里要回日记，被切尔特科夫拒绝了。她甚至以服毒和自缢来威胁，要切尔特科夫归还日记。托尔斯泰无法忍受索尼娅的狂怒，便从切尔特科夫那里把日记取回来，却并没有交给她，而是存入银行的保险箱。为此，切尔特科夫写了一封信给他，关于这封信，托尔斯泰在日记中写道："我收到来自切尔特科夫的一封充满埋怨和责备的信。他们让我心碎，有时候我真想离开所有这些人，一个人走得远远的。"

年轻的时候，托尔斯泰便一直想要远离混乱和困苦的尘世，去某个地方隐居，在孤独中进行自我完善。像其他作家一样，托尔斯泰把这种愿望的实现交由两个小说中的人物，《战争与和平》中的彼埃尔和《安娜·卡列尼娜》中的列文，这两个人物形象就是他自己性格的真实写照。如今，他的生活状况使得他更想尽早地实现这一愿望。妻子和儿女们使他烦恼不已。朋友们认为他应该完全践行自己的理想，他们的责备也是他苦恼的来源。甚至有许多人因为他的言行不一而倍感痛苦，他们几乎每天给他写信，在信中责备他虚伪，这让他万分伤心。有个虔诚的信徒来信请求他放弃自己的庄园，将自己的财产分给亲戚和穷人，不能留下一个戈比，然后再像乞丐一样去流浪。托尔斯泰写信回复他："我被你的来信深深打动，我的梦想和你建议的完全一样，但目前我还做不到这点，这其中有太多的原因……最主要的是我必须不能影响到其他人。"其实，人们采取某种行动的根源往往深埋在他们的下意识之中，我认为托尔斯泰之所以没有去践行他朋友的建议和自己的良心要求，是因为他并不真的想那样做。作家的心理通常有一个特点，虽然对每个研究作家生平的人来说，这个特点显而易见，但我还从未听人正式谈起过，那便是：对于一个具有独创性的作家，在某种程度上，他们的作品便是他们内心因为某种原因而遭受压制的本能、欲望、白日梦（随便你叫什么）的升华，这些东西以文学的形式表现出来后，作家便摆脱内心的压力，不再会采取进一步的行动了。然而，这种发泄方式并不会使他们完全满意，仍然会有某种缺憾留在他们心中。这正是为什么作家大多会赞美体力劳动者，因为动笔的人会怀着一种不自觉的妒意羡慕行动的人。托尔斯泰热衷于体力劳动，很可能就是为了摆脱自己内心某种欲望的压力。也就是说，托尔斯泰通过写作没能发泄掉自己全部的欲望，他想寻求其他的方式去宣泄，而这种无意识的宣泄行为，却被他真诚地认为是做着一件正确的事情。

当然，托尔斯泰是一个天生的作家，他以最动人、最富有戏剧性和趣味性的方式表现自己的作家本能。我想，他是为了让自己的观点显得更加鲜明，才在他那些带有说教性质的论著中失去了控制，如果他好好想一想，这些观点会得出怎样的结论，也许他就不会把它们发挥到如此绝对的地步。他的确承认过，妥协在理论上虽不被允许，但在实践中不可避免。但这样的话，他就必须放弃自己的整个立场，因为既然妥协在实践中不可避免，那么要想彻底践行他的理论就是不可能的事，他的理论就一定有问题。然而，即便托尔斯泰自己想做出某种妥协，那些一批又一批来到雅斯纳雅·波良纳的满怀崇拜心情的信徒也不会同意，这便是托尔斯泰的不幸。信徒们逼迫这位老人做出某种戏剧性的行动来满足他们的愿望，这确实有些残忍。托尔斯泰的学说牢牢地禁锢住他自己。他的著作引起的强烈反响（当然，并不全是灾难性的）以及人们对他的尊敬、崇拜和爱戴，这一切都把他推向了一条他并不想走的绝路。

这是因为，尽管托尔斯泰最后离家出走并在旅途中去世，使他决定出走的并不是良心的感召或信徒们的催逼，而是为了暂时逃离他的妻子。事出偶然，那晚他上床睡觉，不一会儿听到妻子在书房里的纸堆中翻找什么。由于自己不久前瞒着妻子立下了一份遗嘱，这个秘密一直盘踞在他心中，他随即想到，一定是索尼娅听说了这件事，所以她想找到那份遗嘱。于是，他在她离开书房后起床，拿了几份手稿，打包了一些衣服，叫醒一位正住在他庄园里的私人医生，说自己打算离家出走。这时，亚历山德拉也醒来了。他们把车夫从床上叫起来，套好马车，在私人医生的陪伴下，托尔斯泰上了马车，驶向火车站。早上5点，火车站很拥挤，天下着雨，寒风凄凄，他们不得不冒着风雨站在车厢末端的露天小平台上。托尔斯泰有个妹妹在沙玛丁的修道院里当修女，他们在沙玛丁下了车，并且和随后赶到的亚历山德拉集合。亚历山德拉带来消息，母亲已发现他们的出走，并且想要自杀。这件事索尼娅以前可不止做过一次，只是每次她都下不了决心，不过是在家里引发一阵忙乱和纷扰而已。亚历山德拉建议托尔斯泰继续赶路，一旦母亲知道他在哪里，肯定会匆匆赶来。因此，一行人登上了去罗斯托夫的火车。由于之前就感冒未愈，经过火车夜行的折腾，托尔斯泰病得更加严重了。同行的私人医生只好让托尔斯泰在中途一个名叫阿斯塔波夫的小车站下车。站长在听说病人是托尔斯泰后，马上把自己的房间让了出来。

　　第二天，托尔斯泰发电报给切尔特科夫。亚历山德拉则偷偷写信给她的哥哥，要他从莫斯科带一个医生过来。由于名气太大，托尔斯泰的一举一动实在很难保密，不到二十四小时，索尼娅就从新闻记者那儿得知了他所在的地方，带着孩子们赶到阿斯塔波夫，这时，托尔斯泰已病得十分严重，为避免打扰到他，医生没有让她走进房间。很快，托尔斯泰生病的消息便传到了世界各地。短短一个星期之内，阿斯塔波夫的车站上挤满了政府代表、警察、官员、新闻记者、摄影师和其他形形色色的人。他们临时居住在侧线上停靠的火车车厢里,当地的电报局一时也忙得不可开交。陆陆续续来了更多的医生,托尔斯泰的床边最后有5个医生同时照看。他经常处于昏迷中,清醒的时候则在担忧妻子,他不知道自己在哪里,也不知道索尼娅就在房间外面,他只知道自己命不久矣。他一生都惧怕死亡,可现在他不再害怕。在清醒的时候,他不断地叫喊:"逃吧!逃吧!"索尼娅被允许进房间探望他的时候,他已失去知觉。她跪在地上吻他的手,他叹了一口气,但是没有迹象表明他意识到了妻子在自己身边。1910年11月7日,一个星期天,早上6点过几分,托尔斯泰离开了人世。

为写这篇文章,我反复读了几遍爱尔默·莫德创作的《托尔斯泰传》,还有他翻译的托尔斯泰的《忏悔录》。莫德和托尔斯泰及他的家人都熟识,这是得天独厚的条件,关于托尔斯泰的生平,他的叙述也十分有趣。但遗憾的是,大多数人想知道他的看法,他却很少谈到。此外,我还阅读了西蒙教授写的托尔斯泰传记，这本传记内容翔实，详尽可信地提供了许多有关托尔斯泰的故事。也许出于谨慎，这些事在爱尔默·莫德的《托尔斯泰传》里没有提及。在我看来，西蒙教授的托尔斯泰传记是英语传记文学中的经典之作，必将长久地流传下去。

陀思妥耶夫斯基的苦难生涯
与《卡拉马佐夫兄弟》

费多尔·陀思妥耶夫斯基出生于1821年,他的父亲是贵族,在莫斯科的圣玛丽医院当外科医生。他对自己与生俱来的贵族身份相当重视。服刑期间,他的贵族身份曾被剥夺,为此他深感苦恼,于是一从狱中获释出来,他就竭尽全力求助几个颇有影响力的朋友为他恢复身份。和欧洲别的国家的贵族制度不同,在俄国,人们可以通过多种不同的途径获得贵族头衔,有的人在政府部门谋到不错的职位,有的人使自己比农民和商人更加富有,都可以自封为贵族。事实上,陀思妥耶夫斯基属于一般的白领家庭。他的

费多尔·陀思妥耶夫斯基 | 1821.11.11—1881.2.9

父亲性格严厉，放弃自己的一切享受和时间只为使自己的7个孩子接受良好的教育。在他们还很小的时候，父亲就教会他们适应生活的不幸与艰苦，做好承担职责和义务的准备。孩子们一起挤在医院内两三间医生宿舍中，不允许单独外出，更没有零花钱。他们没有一个朋友。父亲除了在医院任职外，还靠私人营业获得一些额外收入，最终在距莫斯科几百英里外买下一座小小的庄园。到了夏天，母亲才带着他们去庄园生活，也正是从那时起，他们第一次感受到自由的滋味。

费多尔16岁那年，母亲便去世了。父亲将家里年龄较大的两个儿子米哈依尔和费多尔送去圣彼得堡一家军事工程学校读书。哥哥米哈依尔由于身体太弱被拒绝入学，费多尔不得不和他亲爱的哥哥分开。他常常感到孤独和苦闷，父亲不愿意，也没能力再给他钱，他也因此连书籍、靴子等生活必需品也买不起，甚至交不起学校规定的费用。在安置好两个大儿子后，父亲又把另外三个孩子寄养到孩子们在莫斯科的姨妈家里，他关闭了私人诊所，带着两个年幼的女儿住进了乡下的庄园。他开始酗酒，对孩子们变得更加严厉，对庄园里的农奴更是十分残暴。终于有一天，他被几个农奴杀死了。

那是 1839 年。费多尔虽说对待工作缺乏热情，却总算得心应手。他完成学业后找到了一份工程局绘图处的工作。他一年有 5000 卢布的收入，这其中除了自己的薪水，还包括从父亲那儿继承的部分家产。他自己租了一套房间，开始沉迷于打台球和赌博，大肆挥霍钱财。这年年末，他对自己绘图处单调、乏味如削马铃薯一般的工作终于感到厌烦，便辞职而去。可这时的他早已欠了一屁股债。也正是从这时起，他一直困于债务中，直到去世。他一直难以改掉花钱大手大脚的这个习惯，即使因为挥霍无度而陷入绝境，也从不懂得自我克制，他的性情亦反复无常。曾有一位对他颇有研究的传记作家认为，他对金钱的需求已经到了无以复加的程度，这一点连他自己也认同。一旦觉得自己有了钱，就会千金散尽，只为满足自己的虚荣心。后面我们就会看到，他是如何屡屡陷入这一陋习的泥沼而难以自拔的。

还在学校读书的时候，陀思妥耶夫斯基就开始创作一个中篇小说，也正是在写完这篇小说时，他下定决心当一名作家。这篇小说便是《穷人》。那时的文学圈里，他只认识格里戈罗维奇和涅克拉索夫。后者曾向他约写一篇评论，他却将自己的小说拿给了他。那天，陀思妥耶夫斯基很晚回到家中，在和朋友们朗读和讨论了一整晚他的小说后，大概凌晨4点的时候，他才走回住处。由于毫无睡意，他便坐在敞开的窗前欣赏夜色，直到一阵门铃声响起。"是格里戈罗维奇和涅克拉索夫！他们激动地冲进房间，眼含泪水，不停地拥抱我。"那天晚上，他们轮流大声地朗读了他的小说，读完之后已是深夜时分，他们还是决定马上去找他。"就算他睡觉了也没事，"他们说，"我们必须得叫醒他，这可比睡觉重要得多。"第二天，小说手稿就被涅克拉索夫送到了当时最著名的批评家别林斯基手里。别林斯基在读完小说后表现得像那两人一样，兴奋不已。就这样，这篇小说得以发表，陀思妥耶夫斯基也因此一举成名。

他并不为自己的成功而感到得意。有位名叫巴纳耶娃·戈罗夫耶娃的夫人这样描述她对陀思妥耶夫斯基的印象,她当时邀请他去她的公寓做客:"一眼就发觉,新来的客人极其羞怯、敏感,他身材瘦小,一头金发,脸色略微有些病态,小小的灰色眼珠转来转去,显得很不安,嘴唇苍白且不停地抽搐。他几乎认识在场的每一个客人,却羞于和他们交谈。有几个常客甚至想以赶他出去的方式来提醒他应该和大家打成一片。那晚过后,他便常来拜访我们。他也渐渐不再胆怯,直到后来,他甚至……热衷于进行完全自相矛盾的辩论,借机放纵自己,满口胡言。事实上,即使他失去自制力,开始标榜自己作家的身份,傲慢而自负地炫耀自己时,他仍旧带着年轻人的那种羞怯。换一种说法,突然从一个灯光耀眼的入口走上文学舞台,赢得世界上许多一流文学家的赞美后,他被冲击得恍恍惚惚、头昏目眩了。他是一个极其敏感的人,在那些二流的年轻作家面前,他无法掩饰自己的得意……他用略显苛刻、自负的口气,尽情地在同行们面前炫耀自己不可估量的才能……尤其是,他怀疑所有的人都想要蔑视他的天才。他对别人的每一句话都仔细分析,一旦发现有人想要狡猾地贬低他,或者哪怕用某一个字眼侮辱他时,他便怒火中烧,立即发起一场争吵,向想象中那个侮辱他的人发泄自己心头冒出的怒火。就这样,他成了我家的常客。"

陀思妥耶夫斯基不是一个简单平常的客人,也不是一个引人注目的贵客。当时他踌躇满志地签了合同,准备写一部长篇和几个中篇。他肆意挥霍预支的稿费,生活放荡不羁。他不听朋友们的劝告,不断地和他们争吵,哪怕是帮助过他的别林斯基也不例外。他从不相信人们会"真诚、纯粹地赞美他",他说服自己,坚信自己是天才,是俄国最伟大的作家。与此同时,日益累积的债务逼迫着他不得不快速写作。一种神经性疾病长期纠缠着他,他不得不担心疾病发作后自己会发疯或者得上肺病。受此影响,他创作的短篇小说均以失败告终,长篇小说也令人不忍卒读。那些之前赞美他的人达成共识般开始转而攻击他,他的创作生涯宣告结束。

就这样,他的文学创作突然中止。随后,他加入了一个年轻人的秘密小组。深受当时西欧社会主义思潮的影响，这些年轻人试图进行社会改革，尤其针对俄国的农奴解放和书报检查制度。他们并没有采取任何反政府行为，只不过每星期组织一次聚会，对种种社会问题进行讨论。尽管如此，他们还是被警察盯上了。全体成员被捕，并在不久后便被判处死刑。执行死刑的士兵刚要举枪行刑，信使送来命令，改死刑为流放西伯利亚。就这样，陀思妥耶夫斯基被判处在鄂木斯克监狱服四年苦役。刑期结束，他又被勒令去服兵役。在被押往圣彼得堡要塞执行死刑的那天，他曾给哥哥米哈依尔写过这样一封信：

今天是12月22日，我们集体被押送至谢米洛夫斯基广场，准备执行死刑。十字架送来让我们亲吻，匕首在我们头上折断，丧服（白衬衫）也已准备妥善，随后命令我们中间的三人站到木栅前等待处死。我是这一排的第六个，我们被分成三个组，我属于第二组，我没几分钟可活了。我想念你，哥哥，想念你的一切！生命的最后时刻，唯有你占据在我的心中。我第一次意识到我有多爱你,我最爱的哥哥!我还有拥抱帕来斯契耶夫和杜洛夫的时间,他们就站在我的身边,在向我道别。最后,另一个命令传来,那几个本来准备到木栅跟前受刑的人又被带了回来。传令的人向我们宣读了文件,说是皇帝准许我们活命,又一一宣读了最后判决。只有巴姆一人被完全赦免,他被带到与他的判决相同的那一排人中间去了。

陀思妥耶夫斯基后来写过一部成功的作品,描述了自己在监狱服刑的可怕经历。我们在他的描述中看到,入狱不到两个小时,他这个新犯人就和那些老犯人如家人般相处得亲密无间了。他解释道,这和跟贵族绅士们的相处方式不同,面对他们,不论他怎样谦卑、忍耐,或者怎样显示智慧,得到的始终是鄙视、痛恨、不被理解和信任,更不会被当作朋友或者同伴。然而,尽管服刑的几年中他渐渐不再成为众矢之的,他依然感到痛苦,像个陌路人一样,孤独始终如影随形。他曾经历过短暂的荣耀,现在却再也不是一个像样的绅士了。他在狱中的生活卑微、穷困而潦倒，正如同他的出身。他的朋友（同时也是狱友）杜洛夫深受众人的爱戴，这令他更加觉得痛苦和孤独。陀思妥耶夫斯基向来自负、多疑而急躁，他性格上的弱点正是导致这种状况的部分原因。尽管有众人的陪伴，他仍觉得孤独，这种孤独让他开始自我反省。"这种精神上的游离，"他写道，"给我机会去回顾以往的生活，细察自己每一个微不足道的行为动机，无情地、严肃地审判自己。"在狱中，他唯一能够读到的书是《新约圣经》，他反复研读，深受每一个字句的影响。也正是从那时起，他开始宣扬基督教义，在自身性格所能允许的范围内，他逐渐变得谦卑而虔诚，不断压制自身的普通人性需求。"不管经历了什么，你都得始终保持谦卑，"他写道，"要想着你过去的生活，想着你将来的生活，想着你的灵魂里深藏着怎样的卑劣和邪恶。"狱中生活使他变得不再傲慢和自负，出狱后，他不再是一个革命者，反而成为一名坚定的教权和法律的维护者，同时也变成一个癫痫病人。

苦役刑满后,他接着被送往西伯利亚的驻防部队中服兵役,继续服刑。那里的生活极其艰苦,但在他看来,这些艰苦正是对他自身罪孽的应有惩罚。他曾谋求的社会改革是一大罪孽,对此他已认定。他在写给哥哥米哈伊尔的信中说:"我并不抱怨,这是我的十字架,我必须背负它。"1856年,得益于一个老同学为他说情,他离开原先的部队,生活条件有了改善。他开始自己的社交生活,还爱上一个名叫玛丽亚·德米特里耶芙娜·伊沙耶娃的女人,她已经有孩子了,是一个政治流放犯的妻子。她的丈夫后来死于酗酒和肺病。据说,她是个相貌美丽的金发女人,个子中等,身材苗条,高贵而多情。除了这些信息,人们对她知之甚少,只知道她和陀思妥耶夫斯基同样生性多疑、嫉妒心强,且喜欢自怜。他成了她的情人。但没过多久,她就跟随丈夫移居到400英里以外的另一个边境驿站去了。而她的丈夫不久便死在那里。在获知她丈夫的死讯后,陀思妥耶夫斯基立即写信给她,向她求婚。但她犹豫不决,一方面是因为两人的贫穷,另一方面是因为她已移情于一个名叫瓦格诺夫的"品德高尚且富有同情心"的年轻牧师，并已成了他的情妇。尽管深陷热恋的陀思妥耶夫斯基嫉妒得发狂，但是在自我贬抑的强烈冲动下，又或是小说家将自己当成小说人物的幻想，他做出了一个出人意料的举动。他郑重宣布，瓦格诺夫是他情同手足的朋友，他恳求另一位友人出资，帮助瓦格诺夫和玛丽亚·伊沙耶娃完成婚礼。

无论如何，他想扮演一个为了挚友的幸福可以牺牲自己、纵使自己心碎也在所不惜的角色，相比之下，玛丽亚则是一个自私的人。虽然瓦格诺夫"品德高尚而富有同情心"，却身无分文。那时候，陀思妥耶夫斯基已当上军官，再加上他在这件事上表现出的宽宏大量，后来成功地挽回玛丽亚的芳心，她心甘情愿嫁给他，而不是瓦格诺夫。终于，他们在 1857 年结婚。由于没有什么钱，陀思妥耶夫斯基不得不到处借债，直到再也没有可借钱的地方。他打算重新开始文学创作，但受限于囚犯的身份，发表作品必须得到特别许可，这并非易事。更何况，他们的婚姻生活也很不如意。陀思妥耶夫斯基将此归咎于妻子的多疑、抑郁和想入非非，却忘了自身性格的急躁、易怒和神经质。他试着写一些小说片断，写完随手一搁，又开始写新的。最终，他只发表了少量并不重要的作品。

1859年，在经过自己不断的上诉以及朋友的帮忙后，陀思妥耶夫斯基获准回到了圣彼得堡。关于此事，欧内斯特·西蒙曾在《论陀思妥耶夫斯基》一书中公正地指出，陀思妥耶夫斯基为了恢复自由，运用了十分卑劣的手段："他写过一些'爱国诗歌'，一首庆贺亚历山德鲁皇后的生日，一首赞颂新沙皇亚历山大二世加冕，还有一首哀悼老沙皇尼古拉一世去世。他给当权者写信，甚至直接写给新沙皇本人，恳求他赦免自己。在这些信中，他表达了自己对年轻君王深切的、坚定不移的拥护与爱戴，称其为'永放光芒的太阳'。他还信誓旦旦地说，不论这位君王有何旨意，他都准备为其献身。对于使他受苦役的那些'罪行'，他表示随时愿意认罪，更是不断强调自己一直以来的悔过之心，为过去的所作所为深感万分痛苦，等等。"

他与妻子，以及妻子之前所生的儿子在首都圣彼得堡住下来，并和哥哥米哈伊尔一起创办了一份刊名为《当代》的文学杂志。他创作的两部小说《死屋手记》和《被侮辱与被损害的》，均发表在《当代》上，且大获成功。随后两年，他的经济生活渐至宽裕。1862年，他去西欧周游，杂志就留给哥哥米哈伊尔打理。西欧并未给他留下什么好印象。他认为巴黎是"最令人厌烦的城市"，那里的居民心胸狭隘、嗜钱如命；在伦敦，他震惊于穷人的惨状和富人虚伪的体面；他去了意大利，却对那儿的艺术毫无兴趣。为了阅读维克多·雨果的四卷本长篇小说《悲惨世界》，他特地在佛罗伦萨待了一周，随后他没有去罗马和威尼斯，直接返回俄国。在这期间，他的妻子患上了慢性肺结核。

西欧周游的前几个月，40岁的陀思妥耶夫斯基认识了一个年轻女子，她曾在他创办的杂志上发表过一篇短篇小说。这位名叫波琳娜·沙斯洛娃的年轻女子20岁，还是处女，长得十分漂亮，也许为了凸显自己很有学问，她的头发剪得很短，还戴着一副黑框眼镜。陀思妥耶夫斯基结束西欧的游历，返回圣彼得堡后，两人就成了情人。后来，由于发表了一篇内容不得当的文章，杂志惹了麻烦，不得不停刊，陀思妥耶夫斯基便决定再出国一次。他谎说自己出国治疗癫痫病，这病的确时有发作，但这不过借口而已，他真正的目的是去威斯巴登赌博，他认准了赌博是个赚钱的好办法。同时，他和波琳娜·沙斯洛娃约好在巴黎会面。于是，从杂志的作者基金中借到一笔钱后，陀思妥耶夫斯基离开了俄国。

果然，他在威斯巴登赌得不亦乐乎，根本离不开赌桌，能让他稍离赌桌的只有他对波琳娜·沙斯洛娃的炽烈热情。他们本计划一起去罗马，哪知这个年轻而轻浮的女孩在巴黎等待他的期间竟和一个西班牙医科大学生打成一片，后来在他弃她而去后，她不禁心烦意乱。一个轻浮放荡的女人的情绪是很不稳定的，她突然提出要和陀思妥耶夫斯基分手。陀思妥耶夫斯基只好接受了她的要求，提出两人"以兄妹的身份"同游意大利。她想着自己无事可干，便答应了他的提议。然而，终是因为缺钱，计划不得不搁浅，他们不得不靠典当衣服度日。在经历"饱受折磨"的几个星期后,他们终于分道扬镳。陀思妥耶夫斯基返回俄国,发现他的妻子此时已病入膏肓。又过了六个月,她离开了人世。在给朋友的一封信中,他这样写道:

> 我的妻子,那深爱着我的人,和我深深爱着的人,在我们仅仅住了一年的莫斯科寓所中离开了人世。整个冬天,我都一直守在她的床边,从未离开过她的枕畔……我的朋友,她对我的爱是无限的,我对她的爱也无法用言语表达,但我们的结合并不幸福。日后待我和你见面时,我会把一切都告诉你。现在,让我抛开这些,抛开我和她之间的种种不愉快。我们间的爱恋从未失去,我们一向爱得深沉笃定,直到遭此不幸。听了这些,你大概会感到奇怪,她是我这一生见过的最高尚、最善良的女人……

这份关于爱的热烈表白多少有些夸张。陀思妥耶夫斯基和哥哥一起创办了另外一份杂志,为了联系杂志的相关事务,那年冬天他曾两次去往圣彼得堡。这份杂志的风格看上去比《当代》要更加带有偏见,注定要失败。他的哥哥米哈依尔在患病不久后也去世了,留给他 2.5 万卢布的债务,同时他还得赡养哥哥的遗孀和孩子,在生活上接济哥哥的情妇和私生子。陀思妥耶夫斯基一个有钱的姨妈借给他 1 万卢布,即使这样,到了 1865 年,他依然宣布破产。除了手中一张 1.5 万卢布的借据,他还有另外 5000 卢布的口头债务。债主们很难对付,为了躲债,他不得不从杂志的作者基金中再借一笔钱,并拿到一部长篇小说的预支稿费(他签订合同,确定了交稿日期),他打算再去威斯巴登的赌桌上碰碰运气,也顺便和波琳娜·沙斯洛娃见见面。他向她求婚,但她对他的感情早从爱恋转为憎恨。人们一度以为她会答应他的求婚,毕竟他是个知名作家,又是杂志的编辑,这都是为她所欣赏的。然而,现在杂志早已停刊,何况他的相貌也被时间摧残得不成样子:头发掉光的同时,还患有癫痫病。她难以忍受甚至异常厌恶他强烈的性要求。毕竟,在女人眼里,再没有比失去肉体吸引力的男人提出的性要求更加难以忍受的了。于是，她离他而去，回到巴黎。陀思妥耶夫斯基在赌桌上把钱财尽数败光，甚至典当了自己的手表。因为没钱买面包，他一个人静坐在房间里，以此抑制食欲。这时，他开始创作另一部小说。他说，那部小说是忍受着饥饿的折磨和时间的催促而完成的，他身无分文，又经常卧病在床，几乎陷于绝境。那本小说就是《罪与罚》。

陀思妥耶夫斯基在走投无路的情况下，不得不到处求助于人，甚至跑到与他发生争吵的、他心中原本极其轻视厌恶的特杰涅夫那里求助，借到他的钱后才回到俄国。当时，他正埋头写作《罪与罚》，突然想起自己曾在一份合同中定下一本书的交稿日期，这份合同对他极不公平，如果他逾期不交稿，出版商就可以随便出版他往后九年间的全部作品而无须向他支付分文。在几个乐观的朋友的建议下，为了赶写书稿，他雇用了一个速记员。两人仅仅花了26天时间，就完成了一部名为《赌徒》的长篇小说。那位速记员是一个20岁的年轻女子，长相普通却十分能干，富有耐心和献身精神，这深得陀思妥耶夫斯基的赞赏。

1867年年初,他们结婚了。他的亲戚们对这桩婚事大为不满,担心他婚后会减少对他们的接济,对这位新娘百般挑剔。正因为这点,同时也为了躲避债务,她劝他离开俄国。

这次出国,他们整整在外待了4年。一开始,安娜·格利高里耶芙娜(他的妻子)就知道,和这位知名作家在一起生活会很困难。他的癫痫病愈发严重,再加之他平时便脾气暴躁,处事草率,却又极度自负。另外,他在婚后还和旧情人恢复了书信往来。可怜的安娜,要做到坦然面对这一切并不容易,但作为一个品格极不平凡的年轻女性,她硬是把所有的苦果都咽了下去。他们一同前往巴登,在那里,他又陷入对狂赌的痴迷而无法自拔。他输光了一切,又和过去一样,写信给每一个可以求助的人,向他们借钱。然而,钱一寄到,便立刻被他输光在赌桌上。他们把所有值钱的物品都典当了,不断地搬家,寻找租金更便宜的公寓,有时甚至没钱吃饭。安娜·格利高里耶芙娜怀孕了。下面是陀思妥耶夫斯基(当时他刚赢了4000法郎)写在一封信里的一段话:

安娜恳求我，拿到这 4000 法郎就该知足了，她想让我们马上离开此地。然而还有补救一切的机会，那么简单，又有那么大的可能性，不是吗？一个人除了自己赢钱外，每天还能看到别人赢了两万或者三万法郎（他看不到那些输钱的人）。谁是圣人呢？要我说，钱才是最重要的，我下的注不仅包含我输掉的钱，还包含我输掉的最后一点理智，我简直愤怒到了极点。我输得精光，我典当了自己的衣服，安娜也典当了她所有的东西，甚至包括她最后的一件小首饰。（这是怎样的一个天使啊！）她给予了我多么大的安慰！在可恶的巴登，我们不得不住在铁匠铺上面的两间陋室里。她是那么累！最后，什么都输光了。哦，那些卑鄙的德国佬！他们无一例外全是放高利贷的，一群恶棍和无赖。房东在知道我们无处可去的情况下，竟然提高了房租。我们只好逃离了巴登。

他们的第一个孩子出生于日内瓦，他为此欣喜若狂。但他仍然在赌。每当赌输了，他就一直沉浸在后悔中，认为自己无药可救，竟然输光了妻子和孩子急需的钱。然而，只要身上还有几个法郎，他便忍不住回到赌场去。孩子在出生三个月后不幸夭折，这让陀思妥耶夫斯基痛不欲生。尽管安娜·格利高里耶芙娜再次有了身孕，他却觉得，对于另一个孩子，他再也拿不出给第一个孩子的那样深刻的爱了。

《罪与罚》大获成功后，陀思妥耶夫斯基着手创作另一部小说——《白痴》。出版商在一个月里寄给了他 200 卢布，却依然无法使他摆脱困境。为此他不断要求预支稿费。《白痴》出版后，结果不尽如人意，他又着手写一部中篇小说——《永久的丈夫》。之后，他又开始一部新长篇的创作（便是在英国被称为《群魔》的长篇小说）。

据我所知，这时候的陀思妥耶夫斯基一家已经花完了所有的贷款。他不得不带着妻子和孩子不停更换住所，他开始思念故乡。他从未停止对西欧的厌恶，巴黎的文化和荣耀、惬意舒适的生活、德国的音乐、巍峨雄伟的阿尔卑斯山、明媚深邃的瑞士湖、优雅的多斯加尼,还有佛罗伦萨辉煌的艺术珍品,一切都令他心生厌恶。他认为,西欧的资产阶级文明是腐败的、颓废的,并且在不知不觉间同化着他。"在这里,我变得越来越褊狭、迟钝,"他在米兰时写道,"我和俄国断了联系,我接触不到俄国的空气和俄国的人民。"他认为,倘若自己不回到俄国,将永远无法完成《群魔》的创作。安娜也想回国,只是苦于没有钱作旅费,他们已经从出版商那里预支了所有的稿酬。出于无奈,陀思妥耶夫斯基只好再次求助于出版商。这时候,《群魔》的前两章已在杂志上发表,出版商出于对中断连载的担忧,只好为他们寄来了回国的旅费。就这样,他俩总算回到了圣彼得堡。

在去世前十年的1871年,陀思妥耶夫斯基50岁。他成了热忱的斯拉夫派成员,寄希望于俄国能够拯救世界。《群魔》出版后,大获成功,斯拉夫派的朋友们为陀思妥耶夫斯基在小说中对激进派的大肆攻击而喝彩。他们觉得可以利用陀思妥耶夫斯基在政治斗争中反对当时激进派的改革主张,便提供给他优厚的报酬,委任他主编一份叫作《公民》的杂志。由于和上司在某个问题上存在意见分歧,在工作一年后,他便辞职了。虽然同样是反对改革,但他不能接受上司对某些问题的观点。这时,富有实干精神的安娜开始参与陀思妥耶夫斯基的作品出版事务,她自己通过筹资出版了丈夫的作品,竟然赚了不少钱。正因如此,陀思妥耶夫斯基在晚年时经济上相对宽裕,最后几年的生活也过得比较简单。他写了一系列以《作家日记》为题的随笔,反响很好,他便扮演起了导师和先知的角色,尽管很少有作家愿意这样做。除此之外,他创作了长篇小说《少年》和他一生中的最后一部长篇《卡拉马佐夫兄弟》。在1881年去世时,陀思妥耶夫斯基忽然声名鹊起,同时代的许多伟大作家都向他表示了深切的敬意,他的葬礼被认为是"一个让圣彼得堡永远悲痛的、最不寻常的事件"。

我大致叙述了他一生中的主要事件,尽量不加评论。然而,他仍会给你留下这样的印象:一个性格异常古怪的人。无论是作家、画家、音乐家,还是演员,他们有艺术家的通病——自负,陀思妥耶夫斯基的自负却是空前的。他好像从未向任何人谈论过他自己或者他的作品,这可能是出于自负,也可能是因为他缺乏自信,就是现在人们所说的自卑感。也可能是这个原因,在他生前,他曾公开地藐视同时代的作家。一个自信的人是不会把自己的狱中苦难转化为如此的忍耐与服从的,但是我们要是认为他既接受当局对他的判处,又忍不住竭力自我辩解,那也是合乎逻辑的。在前文中,我已经说过,陀思妥耶夫斯基在试图赢得人们的关注和尊敬时,却又把自己贬低到了何种地步!他缺少起码的自控能力,也许是因为他一直忍受癫痫病的折磨,发病时他完全不能控制自己。只要他一陷入激动的情绪,理智和礼仪就会被他抛弃得一干二净。因此,他会完全不顾重病的妻子,去巴黎和波琳娜·沙斯洛娃见面;而当这个轻浮的年轻女子抛弃他时,他仍执意想与她结婚。他的狂赌更是明显地出卖了他的性格弱点。狂赌让他越来越贫困。在日内瓦时,为了糊口,他甚至开口想向人借 5 个或 10 个法郎。

你大概还记得,为了履行合同,陀思妥耶夫斯基赶写了小说《赌徒》。这部小说不算成功,但值得注意的是,小说的女主人公波琳娜·阿历克山德罗芙娜正是以波琳娜·沙斯洛娃为原型的。这部小说表现的是一种爱恨交织的典型人物形象,属于陀思妥耶夫斯基的早期素描作品。在他后期创作的作品中,这一典型形象有着更为详尽的描写。书中还有一个有趣的地方,作者用精准的笔法描述了一种他内心深处的激情,同时将一个赌徒在受这种激情驱使而遭遇到的不幸描写得淋漓尽致。读完这本书,你马上便了解了一个这样的人,在羞耻心的包围下,他还是做出了那些使他遭遇不幸的事:他追求他爱而不得的女人;他擅自挪用杂志的作者基金只为赌钱,而非为了写作;因为抵挡不住诱惑,他死乞白赖地向朋友要钱,尽管他们对此已经无比厌烦。他是一个爱出风头的人。实际上,书中无论大大小小的人物,不管从事什么行业都喜欢标新立异。他在书中生动地描写道,运气有时会眷顾那些心怀卑劣欲望的人。这个幸运的赌徒被人们当作伟大人物般围拢着,注视着。在人们的赞美与惊叹中,他成为所有人关注的焦点。他终于胜利了,并陶醉在自己的成功里。他感到自己是命运的主人，在他看来，他的直觉是如此正确：他是自身运气的主宰。

"只要我一拿出自己的直觉，我便能在很短的时间内改变自己的命运，"他发出赌徒式的狂呼，"直觉是最伟大的能力。只要记住 7 个月前我在轮盘赌桌上最后一次输钱的经历。啊，那是个多么非同寻常、多么有力的证明啊！在我输光一切，走出赌场后，发现外衣的口袋里竟然还剩下一个盾（荷兰货币）。'我得吃点饭。'我当时想。但还没走到 100 步，我就改变主意决定回去。最终，那个盾成了我最后的赌注……当时我的心中有种很奇异的感觉：我孤身一人在异国他乡，远离祖国和朋友，在不知道接下来有没有饭吃的情况下——把身上仅剩的一个盾押上了，结果我赢了。20 分钟后我离开赌场，同时衣兜里揣着 170 个盾。这就是事实。有时候，这就是最后一个盾能够起到的作用。倘若那时候我灰心丧气，会是怎样一种情况？倘若我没有做出孤注一掷的选择，又会如何？"

陀思妥耶夫斯基生前的老友斯特拉霍夫曾为他写

过传记。那期间,他曾在给托尔斯泰的一封信中谈到一些感受。我将这封信做了一些删节,翻译如下:

> 我在写作的同时,不得不抑制自己的厌恶,甚至憎恶的情绪……陀思妥耶夫斯基怎么也不能被当成一个善良快乐的人。他行为放纵,嫉妒心极强,真的算不上好人。在他的一生中,他如一头猛兽般横冲直撞,这让他显得既可笑又可悲。他很聪明,却又很邪恶。在瑞士,当着我的面,他对待仆人的态度是那么恶劣,直到仆人不堪忍受,对他大喊:"可我也是个人呀!"我至今仍然记得,我在听到那句话后,心中是多么震惊!当时的自由瑞士,到处是人权思想。于是,我写信给一个宣扬人性论的朋友,向他讲述了这一情形。对陀思妥耶夫斯基而言,这种情况并不少见,他无法控制自己的脾气……最糟糕的是,对自己做出的卑劣行为,他从不忏悔,反而以此自得与吹嘘。维斯卡费托夫(一位教授)告诉过我,陀思妥耶夫斯基曾吹嘘说他在澡堂里强奸过

一个小女孩，她是由一个家庭女教师带到澡堂来的……然而，他说这些话时，又带有一种愚昧的感伤情调，似乎想强调他那种夸张与无益的人道主义梦想。这些人道主义梦想是他作品中的主要基调与倾向，也是他的作品被我们喜爱的原因。总之，他的所有小说都在竭力为自己开脱，它们表明，最可怕的邪恶与最高尚的感情有可能同时存在……

陀思妥耶夫斯基那种感伤情调无疑是愚昧的，他的人道主义夸张而无益。他与"人民"保持着一定的交往，但"人民"始终与进步的知识阶层相对立。他寄希望于俄国的改革，对"人民"的苦难命运深表同情。尽管激进派一直试图改善和他的关系，但他仍然未停止对它的猛烈攻击。他认为，解救穷人悲惨现状的唯一的方法是"理想化他们的苦难，将其理解为一种生活的方式"。显然，相对实际的改革，他的建议更是一种宗教般的象征性安慰。

崇拜者们一直对陀思妥耶夫斯基强奸小女孩的事

感到怀疑，也是为了避免尴尬，他们不得不这样做。显然，斯特拉霍夫在信中所言只是道听途说。为了证明那是谣传，崇拜者们说有一次陀思妥耶夫斯基和一个老友谈到自己的悔悟之心，老友建议他向心中最憎恨的人自我忏悔，因此他给特杰涅夫讲了那件事。然而，他所说的一切很可能都是虚构的。他的确在自己创作的作品中写过许多关于罪恶的主题，以及《群魔》中那些隐约的描写，这都是很难处理的。但我们不能证明他讲述的这些丑恶行为都是生活中的事实。在我看来，这与他患癫痫病引起的幻觉可能有很大的关系，正是这种强烈的幻觉，导致他的心中充满罪恶感。还有一种可能是，正如许多其他小说家一样，为了证明自己拥有可怕的欲念，故意杜撰一些事实上并不存在的罪行。

陀思妥耶夫斯基性格多疑、自负、急躁、轻率、自私、过分谦卑且不可信赖、心胸狭隘，还喜欢自我吹嘘。然而，这并没有将他全部的性格概括完。在狱中服刑期间，他会在必要的时刻承认自己犯有谋杀罪并且还有偷窃的企图。他也知道对待难友要有勇气、大度和慈悲的胸怀。他知道无法用单一的好坏来区分每个人，每个人都是平凡与高尚、邪恶与善良的混合体。他并不固执，且富有同情心。他从没拒绝过乞丐或者朋友们向他伸手讨要，即便在自己最穷困潦倒的时候，为了接济他哥哥的遗孀和情人、他前妻带来的那个酗酒的儿子，以及他的弟弟安德鲁，他仍旧想方设法地攒钱，以使他们能在生活上有所倚靠。在感情上，他依赖他们。他为自己一时无法满足他们的求助而感到抱歉，而不是抱怨。他始终倾慕、敬重和深爱着他的妻子安娜，认为她在各方面都强于他自己。在国外的四年间，他一直担心妻子会对他失去耐心而离开他。他有一颗爱人之心，他也渴望得到他人之爱。他简直无法相信，自己有如此明显的性格缺点，竟然还会有人忠贞不渝地爱他。在他一生中的最后几年，安娜给他带来欢乐、安宁的生活。

陀思妥耶夫斯基就是这样一个人，似乎与作家的崇高地位相矛盾，但我保证再也没有比陀思妥耶夫斯基更伟大的作家了。这种矛盾也许表现在所有具有创造性的艺术家身上，但总体来说，它在作家身上表现得最为突出。作家书写文字,在所说、所写和所作所为之间产生的矛盾往往更加可怕。我们看雪莱,他的诗歌中充满了崇高的理想主义,充满了他对自由的热爱和对所有丑恶的憎恨,但在生活中,他完全是另外一种人,极度以自我为中心,对他人冷漠无情,这让他自己也感到痛苦。我相信,有许多画家和作曲家也像雪莱一样以自我为中心,一样冷漠无情,但每当我们为他们的作品所倾倒时,并不会因为美妙作品和卑劣行为之间的矛盾而不快。这种矛盾可以看作天才的独特之处。一般来说,每个人在幼儿时期都会以自我为中心,但到了青春期之后只有天才能够保持这种品性,也就是所谓的"病态"。这种"病态"让天才的精力比普通人更加旺盛,就像用不掺杂质的肥料种出的瓜会更加香甜,那些靠有毒成分合成的肥料只会让瓜空长出茂盛的茎叶。

就陀思妥耶夫斯基来说,他的急躁、自负和浮夸的性格远远超过传记作者在书中对他的描述。就是这样一个人,塑造出阿历克赛这样一个人物形象,这也许是所有小说中最迷人、优雅、善良的角色。也就是这个人,创造了佐西玛神父这样一个具有神性的角色。阿历克赛被小说设定为《卡拉马佐夫兄弟》的主人公,他平淡无奇地出现在小说的第一句话里:"阿历克赛·费道罗维奇·卡拉马佐夫是费道尔·巴夫罗维奇·卡拉马佐夫的第三个儿子。费道尔是当时我们这一带远近闻名的地主,由于他在十三年前死于非命,我们至今还记得他。关于这件事我将在适当地方再做叙述。"我们可以看出作为小说家,陀思妥耶夫斯基的技巧是何等纯熟,在小说的一开头,他就有意无意地对阿历克赛这个人物做了明确的交代。不过,当读者捧读这本小说时就会发现,相比阿历克赛的弟弟德米特里和伊凡,他扮演的角色倒像是次要的,他在书中时而出现,时而消失,好像对其他人物没什么影响。他的主要活动是和一群男学生在一起,除了衬托阿历克赛可爱、可敬的仁慈品性之外,这群男学生对小说主题的发展也并没起到任何作用。

《卡拉马佐夫兄弟》(据说加涅特的英译本有838页)是陀思妥耶夫斯基仅有的一部由一些断片组成的长篇小说。他原本计划在小说的后几卷重点描写阿历克赛这个人物,让他犯下一系列骇人听闻的罪行,在历经波折后获得拯救。然而,陀思妥耶夫斯基未能写完小说便去世了。即使是一些断片,《卡拉马佐夫兄弟》仍是一部前所未有的旷世之作,立于为数不多的杰出小说之巅,伟大如《白鲸》《呼啸山庄》这样的作品也无法与之媲美。书中的内容极其丰富,在这里,我粗略地谈论它其实并不公平。为了构思这本小说,陀思妥耶夫斯基花了很长的时间,饱受痛苦。《卡拉马佐夫兄弟》是他创作生涯中写得最痛苦的一部小说,这种痛苦远远超过贫困生活带来的痛苦。他把自己全部的疑惑和苦闷倾注在这部小说中,热切地寻找人类被上帝抛弃的原因,同时一心想求得生活的真谛。即便这样,我还是奉劝读者们,不要期待这本小说会给出你答案,一个作家没有这样的权利和义务。这也并不是一部写实的小说,陀思妥耶夫斯基的观察才能并不出众,他也没有生动地再现事物的天赋。你不能拿日常生活中的一般尺度来衡量这部小说中的人物行为,他们的行为实在令人难以置信,他们的动机也根本不合逻辑。与简·奥斯汀以及福楼拜笔下的那些人物截然不同,《卡拉马佐夫兄弟》中的人物是激情、欲望、淫荡和邪恶的集中表现,他们既不是现实生活的写照,也不是作家精雕细琢地以求比实际的人物更有意义的典型,而是作家痛苦而扭曲的病态心理的自然流露。他们不够生动,不够真实,但每一个形象都带着生命的节奏在尽情地狂舞。

《卡拉马佐夫兄弟》的不足之处是篇幅过分冗长,这是陀思妥耶夫斯基难以克服的缺点,也是他所有小说的通病。在翻译他的作品时,译者们往往对他那种毫无头绪的文体难以把握。他是个伟大的小说家,却是个糟糕的文体家。他也缺乏幽默感。书中关于制造滑稽场面的霍拉科夫夫人的描写实在让人喜欢不起来;三个年轻女性,丽丝、卡德琳娜·伊万诺娃和格鲁申卡,个性都有些蹩脚,却同样歇斯底里与心怀叵测;她们一心想要支配和折磨自己所爱的男人,却又屈服于对方,甘愿在他们手下受罪,她们的行为实在令人费解。在我对陀思妥耶夫斯基生平的简要叙述中,未提到另外两个多少与他有点暧昧关系的女人,她们虽然在他的生活中无足轻重,却给他的小说提供了素材。他生性好色，性欲旺盛，这并不代表他很了解女人。他觉得女人好像只能简单分成两种：一种温顺而富于自我牺牲精神，容易受到欺骗、恐吓与虐待；另一种骄傲、专横，往往心怀恶意，多情而残酷。波琳娜·沙斯洛娃在他的心目中，很可能属于后一种。她对他三番两次的轻视与折磨加深了他对她的爱恋，因为这样的刺激正是他的受虐心理所需要的。

陀思妥耶夫斯基对小说中男性人物的刻画十分有力。作为一个头脑糊涂的小丑，老卡拉马佐夫的出场写得极为出色；他的私生子斯米尔加科夫是邪恶的化身，魔鬼的杰作；至于阿历克赛，我在前面已经提过一些。老恶棍还有两个儿子。作者将德米特里描写得像他最恶毒的敌人一样，这是明智的做法，他确实属于那种人。他是一个粗俗、酗酒、热爱吹牛的恶棍，挥霍无度，不顾一切，全然不知自己的钱从何而来，只是愚蠢地乱花一气。他有着和穷学生一样无聊的那种暴饮暴食的思想，而他与格鲁申卡的寻欢作乐更是幼稚可笑。关于荣誉，他那些胡言乱语实在令人作呕。从某种意义上说,德米特里是小说的主人公,但我认为这个人物写得并不好,因为他太不值得关注。他被设定为对女人很有吸引力的男人,就像大多数小说里的男主人公一样,但是陀思妥耶夫斯基并没有描述出他到底有怎样的魅力。在他所有的行为中,只有一点让我感到有点意思,那就是他偷钱让格鲁申卡去和别的男人结婚,而格鲁申卡是他自己倾心爱慕的女人。这让我回想起陀思妥耶夫斯基自己的经历,为了让他深爱的玛丽亚·伊沙耶娃和她的情人——即那个"品德高尚且富有同情心"的牧师结婚,他也承想过帮她借钱。德米特里被赋予了作者自己那种利己主义者的冷酷和色情受虐狂的狂热。难道色情受虐狂是他维护自身的一种最好的特殊方式?

可能我有点吹毛求疵,你也许会疑惑,为何我在提出这么多异议的同时却还要宣称《卡拉马佐夫兄弟》是世界上最伟大的小说。首先,它的伟大之处在于它非常引人入胜。陀思妥耶夫斯基不仅是个杰出的小说家,他同样有着独到的戏剧才能。这两种才能很少同时出现在一个人身上,而他恰恰是一个善于以戏剧的方式讲述小说故事的天才,这种才能在他想要触动读者内心深处的敏锐情感时显得尤为可贵。首先,他安排小说中的主要人物聚在一起,讨论一些不可思议的问题,然后他渐渐引导你理解这些问题,直到最后,他会用非同寻常的技巧向你揭示问题的神秘性。小说中,那些冗长的对话令人感到毛骨悚然。他擅长用自己的技巧来渲染一种恐怖感,例如让人物一边说话,一边发抖(其实话的内容并不需要他如此紧张,他却激动得浑身颤抖,脸色发青或发白),这就使得读者不自觉地集中注意力,进而注意到先前忽略的东西。很可能,这个人物在接下来的篇章里就会被某种越轨行为所激怒,他的神经质也将一触即发。此时一旦真的发生令他无法躲避的事,他便准备接受真正的打击。

不过,这些都只是作者的技巧罢了,这部小说更伟大的地方在于它所表现主题的重大。许多批评家认为其主题是寻求上帝,可在我看来,它的主题更是在讨论人的原罪。要谈到这个问题,我必须讲讲老卡拉马佐夫的第二个儿子伊凡。伊凡是小说中最令人感兴趣的角色，尽管他没有引起什么同情。我们可以认为，他正是陀思妥耶夫斯基的代言人，他所表达的观点也就是作者本人的基本信念。陀思妥耶夫斯基在"赞成和反对的论点"以及"俄国修道士"等章节里说到，这部小说以及它讨论的主题是登峰造极的。在"赞成和反对的论点"那一章节的两个段落里，这个观点表达得尤为明确，伊凡在那里提出了原罪问题。他认为，无论是对人类的才智而言，还是对上帝的仁慈而言，原罪都是让人难以接受的，比如年幼的孩子在无甚罪孽的情况下蒙受的苦难。成年人犯有罪孽，他们受苦受难是罪有应得，然而不论是从理智上还是从情感上来说，无辜的孩子都不应该遭受苦难。伊凡对上帝创造人类、还是人类创造上帝这样的问题并不感兴趣，他宁愿相信上帝的存在，却不愿相信其一手制造了世间的苦难。他一直觉得，为了有罪者的罪孽，要求无辜者一起蒙受苦难毫无道理，无辜者的蒙难若不能说明上帝的不公正，那只能说明上帝是不存在的。我在此不想多说这类问题了，读者可以自己去阅读"赞成和反对的论点"那一章。写完这一章后，陀思妥耶夫斯基自己也觉得有点害怕，这种强有力的观点是他之前从未表述过的。他的论点难以辩驳，获得的结论却是自相矛盾的。因此，他只好把世间的苦难和邪恶都看作美和善，以此符合苦难由上帝制造的原罪说。"倘若你热爱世上一切有生命的东西，那么这种爱将证明，受苦受难是每个真正的基督教徒应尽的道德义务。"这便是陀思妥耶夫斯基想要人们相信的真谛。在完成"赞成和反对的论点"这一章节后，他随后又写了一篇反驳的文章，但他极清楚地意识到，这是一次失败的反驳，文章写得冗长而乏味，论点也很难令人信服。总之，关于原罪的问题仍无法得到解答，伊凡·卡拉马佐夫的起诉也未得到回复。

莫泊桑 | 1850.8.5—1893.7.6

读莫泊桑,兼谈有十全十美的小说家吗

在我的小说中,一位批评家发现了我深受莫泊桑影响的痕迹。这是一位极有洞察力的评论家,他不但博览群书、见解独到,世故之深在同行中也是少有的。他的发现并没有什么可奇怪的。在我的少年时代,莫泊桑被公认为法国最佳短篇小说家,那时我极其钟爱阅读他的作品。自15岁起,我每次去巴黎都要花半天在奥泰昂廊的书堆里钻来探去,那是我最心驰神往的时光。身穿黑袍的书店店员对那些转来转去翻书的人睁一只眼闭一只眼,任凭他们连续翻上好几个小时。其中有个架子上放的全是莫泊桑的书,但定价基本上是3法郎50生丁,我嫌它们太贵,就只好站在那里,

想偷偷从那些未裁开的书页间瞄到几行字。只待店员一走开,我就立刻裁开一页,大看特看起来。幸好那里总会有几本普及版的莫泊桑作品,每本只售75生丁,我每次只要看到,都会买一两本回来。就这样,18岁前我已把莫泊桑最好的小说读了个遍。那时,我刚好开始学写小说,自然就把他的短篇小说当作了模仿对象。再也没有比莫泊桑更好的老师了。

他的声誉如今已日渐衰落了。现在看来,他的作品中有不少让人生厌的内容。那时候,浪漫主义已在——马修·阿诺德很赞赏的——奥克塔夫·富叶的多愁善感和乔治·桑的偏激、狂热中落下了帷幕,作为一个生活在那个时代的法国人,莫泊桑理所当然地成了一个自然主义者。他一味地追求真实,尽管他作品中所践行的那种真实,在今天看来未免有些浅薄。他不大分析人物,也不关心人物为什么是这样。那些人物只是行动着,至于其行动背后的动因,他从不深究。他说:"一个人的内心活动,完全是用外部生活显示的,这便是长篇小说或者短篇小说中的心理学。"话说得没错,作家们其实也都想这样做，可惜外部生活并不总是能够显示内心活动。这样做会导致人物的简单化，在一个短篇小说里倒没什么，但是反复如此的话，你就不免怀疑，人不可能都是这样简单的。

当时法国人的头脑中普遍有一种想法：一个男人遇见一个 40 岁以下的女人，若是不和她上床，就好像没有尽到一个男人应尽的义务。这种惹人讨厌的想法也一直在莫泊桑头脑里挥之不去，莫泊桑的人物都以沉湎于肉欲为荣。这就好比有些人饱着肚子还要吃鱼子酱，只因为鱼子酱的价格昂贵。在他的人物身上，贪婪或许是唯一强烈的人类情感。他当然能理解人心的贪婪，但纵然表示出厌恶，心底却是暗暗同情的。他无疑有点庸俗，然而，若只因这类事就否认他的杰出成就，那也是够愚蠢的。要评价一个作家，当然要用他最好的作品，这是一个作家的权利，也是合乎情理的。哪里会有完美无缺的作家呢？作家有缺点，读者除了接受，没有其他办法。并且，作家的缺点往往是与他们的优点相伴而生的。值得庆幸的是，对前辈作家的缺点，后来者大都较为宽容。相比缺点，他们往往更注意前辈们的优点。有时他们甚至不惜把明显的错误也说成是饱含深意，这往往会令态度中立的读者感到莫名其妙。比如，你会看到某些评论家对莎士比亚剧本里的几处内容赞叹不已，解释得头头是道，然而，任何一个头脑清醒的剧作家都看得出，这些地方压根儿就是莎士比亚的疏忽或者草率造成的，再怎么歪曲、解释也无济于事。

莫泊桑的小说都很优秀。在我看来，他最大的优点是：不谈叙述技巧，故事本身就趣味盎然，甚至在餐桌上讲讲都是很吸引人的。不管你用多么别扭的词句、多么平淡的讲法，只要是转述《羊脂球》里的故事，大家照样能听得津津有味。他的小说往往有始有终，故事有着固定的线索，从不随便发展，不让你看不清情节的去向。他总能让你随故事的发展，顺着那条生动曲折的线索一点点步入高潮。也许，它们并不具备多少思想上的意义，但这显然也不是莫泊桑的目的。他只把自己看作一个普通人，确切地说，是仅把自己看作一个以卖文为生的人。在众多优秀作家中，也只有莫泊桑一人如此。他不以哲学家自居，这是他的聪明之处，因为他所发的议论基本上都庸俗不堪、难以入目。

尽管莫泊桑缺点重重，但他仍不失为一位杰出的小说家。他有将人物塑造得生动逼真的惊人才能。无论多么短的篇幅，就算只是寥寥数页，他依然能写出六七个活灵活现的人物。只要是你想知道的，他全都能给你描绘出来。而且，这些人物通常都轮廓分明，各有脾性，生机盎然。只是有一点，他们缺少复杂性，尤其缺少常人身上经常会有的那些不确定的神秘元素。事实上，他们不过是因为短篇小说的需要而被简化了。当然，简化人物并非莫泊桑的本意，他那双敏锐的眼睛能看清楚任何事物，可惜就是看得不深入，好在小说需要的东西他基本上全看到了。他对环境的描写也异常敏锐、准确、简洁，能给人留下很深的印象，无论是诺曼底的景色，还是 19 世纪 80 年代那种家具摆得满满当当、密不透气的客厅，他描写的目的很简单，那就是为故事服务。就此一点，我觉得他是无可比拟的。

契诃夫 | 1860.1.29—1904.7.15

读契诃夫，兼谈短篇小说可以无头无尾吗

在如今最出名的评论家眼中，契诃夫在短篇小说家中的地位可谓无人能及。的确，其他人在契诃夫面前都得靠边站。赞赏他，说明你鉴赏力不错；不喜欢他，则相当于你承认自己是庸人加外行。他的短篇小说自然成了年轻作家们学习的摹本。这很好理解，契诃夫那样的短篇小说写起来显然要比莫泊桑那样的更简单些。

不说叙述技巧，只是虚构出一个有意思的故事其实也是极困难的，冥思苦想没什么用，必须得有这方面的天赋。契诃夫虽然才智出众，却偏偏缺少这一天赋。

如果你想给别人讲他的短篇小说，会觉得讲不出什么来，因为它没有故事，平淡，甚至流于空洞。有人想不出故事，却照样写出了小说，这是很了不起的本领。只要想出两到三个人物，把他们相互的关系介绍一下，轻轻松松，小说就写好了。所以，只要你觉得这能称为小说艺术，还有比小说更方便的艺术吗？

不过话说回来，以一个作家的缺点来评价其创作，总显得不大高明。我坚信，如果契诃夫能想出故事，肯定也是能写出情节新奇动人的小说的。但这样一来，就不符合他的个性了。如同所有伟大的作家一样，他让自己的缺点变成了优点。歌德曾说过，艺术家唯有了解自己的短处，才能获得巨大成就。如果说短篇小说是一种以虚构人物形象为主的散文，那么契诃夫的短篇小说的确无人可及。有人认为，短篇小说最好以有限的篇幅表现一系列完整的行动。对此，契诃夫并不认同。他曾明确表示自己的想法："一个男人正乘着潜水艇准备到北极居住，这时，他的情人歇斯底里地发出一声尖叫，然后纵身从钟楼上跳下，这种东西有什么写的必要？这显然是脱离现实的，生活中绝不可能出现这种事。而类似于彼得·塞米诺维奇如何与玛丽亚·伊凡诺夫娜结了婚这样平凡的事情,才是我们应该尽力去写的。"但是,断言作家不能以异常事件为写作素材也是毫无道理的。每天发生的事情不见得就是最重要的。描写日常发生的事情的好处在于,能让人们重温自己熟悉的生活,但从美学层面上看,这种乐趣最为低级。缺乏戏剧性并不能视作短篇小说的优点。

莫泊桑偶尔也会写普通人,但他总会尽量把普通人的生活戏剧化。他还总是努力从那些值得注意的事情中汲取戏剧性成分。如同其他方法一样,这个方法颇为有效,它让小说变得更有吸引力了。可能性并非检验小说的唯一标准,可能性本身也会持续改变。过去人们一度以为,分开很久的亲人可能会因"血缘"的亲近而认出彼此;只要女人换上男装就可能被当作男人。可能性其实只是同一时代的读者最愿意认可的一种标准。就算是契诃夫,他也只在需要时才遵循自己的原则。例如他最动人的短篇小说《主教》,虽然其中感情饱满地描写了主教濒临死亡的情景,却并没有说出致其死亡的可能原因。若是换作更注重可能性的作家来写，死因会成为小说中必不可少的重要组成部分。契诃夫在指导苏金写作时曾说道："与小说无关的所有内容都必须毫不留情地抛弃。如果小说的第一章讲到墙上挂了一支枪，那么到了第二或者第三章，这支枪就必须发射子弹。"既然如此，当我们阅读《主教》，看到那个主教吃了一条腐烂的鱼，不出几天便死于伤寒时，腐烂的鱼似乎更应该成为他的死因，而非伤寒，但是小说中的描写显然并不是食物中毒的症状。可见，契诃夫自己也不是完全遵守这一原则的。他打算让温和善良的主教死去，便用了一种适当的方式让他死了。

有人说，契诃夫的短篇小说像是生活的片段。我不是很明白这句话中的意思，这是不是在说他的短篇小说为我们展示的是典型现实生活中的某些画面？如果是这样的意思的话，那我认为他即便是在当时也并没能做到这一点。我认为契诃夫是有特殊才华的，与其说他的那些短篇小说写得真实，倒不如说它们写得相当生动，不过同时也带些消极、忧郁和倦怠式的病人的偏见。这样说并非想指责他什么。每个作家都是在用自己的眼光了解世界，他们给读者刻画的，往往是他们所看到的图画。囿于生活经验是不利于作家去追求艺术目标的，但它又是一种规范限制，作家不得不遵循它，否则他的笔下就会写出夸张而没有常识的东西。在契诃夫眼中，生活就像打台球，你既不能把红球打入袋中，也不能打出一球将另一球撞入袋中，难得侥幸击中了球，却又十有八九把台布戳穿了。他哀叹着废材没出息，懒汉不愿工作，骗子嘴里没真话，酒鬼从早到晚神志不清，无知的人欠缺修养。我想，他笔下的人物之所以看起来都那么消沉，恐怕正是来自他本身的这种态度。他寥寥几笔就勾画出一幅人物肖像，也正是这几笔把人物刻画得如此自然而逼真，毫不刻意。他笔下的男人尽是些影子式的人物，意志软弱，又满怀空想，无能且言行不一，嘴上说着豪言壮语，却从不付诸行动。他笔下的已婚女子也全都是唉声叹气、懒惰软弱的样子，她们一边认为通奸是一种罪孽，一边却又随便跟人通奸。这并不是因为她们情欲难忍或想要通奸，实在是她们觉得拒绝男人的通奸要求太麻烦罢了。只有在描写到少女时,他似乎才真正动了些恻隐之心。"哦!这些可怜的小家伙天生薄命,却玩得那么起劲。"他为她们的秀美、笑颜和天真活泼而遗憾,因为这一切无论怎样都将化作泡影。她们没什么追求幸福的能力,一旦遇到人生旅途中的障碍,便只能任人摆布了。

不过,请读者们不要以为,我提出了以上这些看法就说明我对契诃夫是毫无敬意的。我再次强调,没有任何一个作家是完美无缺的。对一个作家的长处大加赞赏,这没什么问题;但若是对他的短处视而不见,甚至一味地赞美的话,恐怕反而会有损他的名誉。我觉得契诃夫的作品可读性很高,这一点对一个作家来说相当重要,却往往强调得不够。这方面他和莫泊桑很像。他们都是以写作为职业的作家,需要定期写出小说来。就和医生看病、律师办案没什么两样,写作可以说是他们的日常工作。他们必须得写些读者爱看的东西。他们并不总是凭灵感写作,因此偶尔才会出现一篇杰作,但至少他们写出来的东西对读者有吸引力。他们都曾为报纸或者杂志写过稿,有些批评家甚至轻蔑地把他们的短篇小说叫作"报刊小说"。这相当愚蠢,要知道,任何艺术形式都是在需求下产生的,若那些报纸或杂志从不刊登短篇小说,谁还会去写它呢?报刊小说其实可以说是短篇小说的源头。任何作家都是在某种条件下进行写作的,从来不曾听说有哪个优秀作家因为打算以某种方式发表作品,而无法写出好作品来了。这根本是那些平庸作家为自己没有好作品而找的借口罢了。在我看来,契诃夫能有文笔简洁这一优点,很大程度上得益于那些报纸或者杂志的篇幅有限。

契诃夫说,短篇小说应该没有头尾。当然,你不能真的照字面意思理解这句话;就好比说,你想要一条无头又无尾的鱼,那就不是一条鱼了。事实上,契诃夫本人的短篇小说往往有着非常出色的开头,总是几句话就把事情交代清楚了,简明扼要,文不加点,一读就能了解下面将是怎样的环境、出现怎样的人物。而莫泊桑的短篇小说,为了让读者先进入某种情绪状态,通常都有一段开场白。不过这种方法很容易出问题,一不小心就会显得沉闷冗余,让读者不耐烦起来。如果你一开始引导读者的兴趣走向某些人物，但在接下来的篇幅里迟迟不讲有关这些人物的情况，反而又把读者引入另一环境中的另一些人物，便可能会把读者搞晕。契诃夫极力推崇简洁，但其实在他比较长的几篇小说中，他并没能完全做到这一点。他曾经被有些人指责不关心道德和社会问题，因此他苦恼不堪。为了弥补这一"过错"，如果篇幅允许，他就会趁机在其中表明，他关心这些问题的程度实际上并不亚于任何拥有正义感的思想家。为此，他笔下的人物时不时便会发表长篇大论，甚至不厌其烦地反复表述他自己的信念：无论眼下情况怎样，俄国人民终将在不远的未来（如 1934 年之类）获得自由，到那时，专制统治将消亡，穷人将不再挨饿，俄罗斯将沐浴在幸福、安宁和友爱之中，等等。他说这些题外话，根本原因是迫于一种舆论压力（其实各国都有这种压力）——要求小说家既是先知，又是社会改革家，还得是哲学家。

尽管如此，在契诃夫一些较短的作品中，那种简洁的风格几乎到了出神入化的地步。他的才华无与伦比，能将某个地域、风景、对话或者人物描画得栩栩如生，这恐怕就是人们通常所说的气氛吧。契诃夫营造气氛时，不需详细解说或长篇赘述，只需精确地把事物勾勒出来便可。我想，这和他善于用异常质朴、求是的眼光观察事物的习惯不无关联。俄罗斯人似乎仍生活在原始的真实状态中，保留着用自然的眼光看待事物的能力，就好似都能看到"物自体"一样。而因西方文化的复杂程度，我们看待事情时总不免联系到千百年来的文明积累。多数西方作家，尤以居住在国外的为甚，近几年里常会遇到一些来自俄罗斯的流亡者。这些俄罗斯人经常会拿出自己的小说给他们看，并希望能有个地方发表，换几个钱。虽然他们写的是当代题材的小说，但读起来很像是劣质版的契诃夫作品。他们写出来的东西往往很真诚，而且透着一股对事物的直觉，这应该算是民族天赋，而契诃夫的这种天赋显然比其他俄罗斯人更为突出。

讲到这儿，我好像仍旧没能讲清楚契诃夫的最大特点。因为我并非专业批评家，无法准确地运用各种术语，只能尽可能就自己的观点随便谈谈。契诃夫的人物通常并不是有血有肉的真实人物，他们似乎都过着一种奇特而非人间的生活，但又没有莫泊桑笔下人物的那种粗犷甚至充满野性的活力。契诃夫有着某种异乎寻常的能力，将他的人物置于某种气氛中。他们和生活在太阳底下的普通人不一样，他们是躲藏在神秘阴影里的一群游魂。虽然你知道他们在里面活动着，但你只能看到灵魂态的他们。他们就像是意识的化身，互相可以直接交流而不必使用语言。这些奇特却没什么用的人物——对他们的外表描写完全像放在博物馆藏品旁的陈述，仅仅是一种说明罢了——都是一副行动诡秘的样子，就像但丁在地狱里看到的那些遭受各种折磨的鬼魂一样。看到他们，你仿佛感觉置身幽冥世界，一群黑幽幽的人影在那里没有目标地四处游荡，你因此惊惶不定。我在前面说过，契诃夫并没有创造并塑造各种人物形象的才能。同样的人，顶着不同的姓名，反复出现于不同的环境里，你看到的仿佛就只是一些灵魂，剥掉了他们迥异的外壳，剩下的其实不过是些大同小异的东西。他的人物并没有固定的个性，而是在临时构思下奇妙地糅合而成的,所以他们实质上就是你中有我、我中有你的群体。

一个作家能否维持自己的地位,一般来说取决于能否始终保持自己的独特性。我以为,契诃夫比任何作家都更加深刻而有力地表现出了人与人的精神交流。相比之下,莫泊桑只给人一种肤浅和庸俗的感觉。莫泊桑止步于观察人们的肉体生活,契诃夫则专注于探索人们的精神生活。但令人惊讶的是,尽管莫泊桑和契诃夫观察生活的方式并不相同,却殊途同归地得出了一致的结论,那就是:人人皆卑劣、愚蠢而可怜,生活总是令人厌倦而毫无意义的。

Ⅱ 怎样读书才有乐趣

读书应该是一种享受

一个人并不是总能像他应该做到的那样出语谨慎。我曾在《总结》一书中写道,一些年轻人经常询问我关于如何读书的意见,那时我并没有考虑到这一点的后果。后来我收到了各式各样读者的来信,他们都想知道我给出的建议究竟是什么。我倾尽所能地回复他们,然而想在私人信件中说清楚这件事,到底是不太现实的。鉴于有如此多的人想要这样一份引导,那么我根据自己对娱乐性阅读和普及知识类阅读的经验,简要地发表一下看法,也许他们是愿意听的。

我想要指明的第一件事就是阅读应当是享受的。当然,为了应对考试或学习知识,我们需要阅读许多书，这类阅读中是不存在什么享受的。我们只是为了获得知识而进行阅读。唯一能做的便是祈祷因为我们需要它，所以我们不至于在通读它的过程中觉得乏味。对于这类书，我们是不得已才会去阅读的，而不是乐意去读。这种阅读不是我心中所指的那种阅读。我接下来要提到的书籍既不会帮你拿到学位，也不会教你谋生的本事；不会教你如何航船，也不会教你如何修理停运的机器，但是这些书会让你活得更加丰满。当然，要让这些书籍起到这样的作用，你得享受地沉浸在阅读中。

这里的"你"是指工作之外有所闲暇并愿意阅读的成年人。对这类人而言，不读某些书会有点可惜了。我并非是指书虫，因为书虫自有自己的阅读方式。他的好奇心将会带他去往很多新奇的路径，在这趟阅读之旅中，他的乐趣是找到那些近乎被遗忘的优秀作品。我希望向大家介绍一些长时间被公认为佳作的作品。通常被认为几乎所有人都读过这些作品，但是遗憾的是真正读过这些作品的人寥寥无几。确实有一些作品，它们被所有优秀的批评家所称道，文史学家们也贡献出不少精力去研究它们,却没有普通人能够在享受中读这类作品。这类作品对学者来说很重要,但是变换的时间和品位剥去了作品的味道,所以读者在阅读的时候也只好耐着性子。我来举一个例子,我读过乔治·艾略特的《亚当·比德》,但我不能摸着胸口说在阅读的过程中是享受的。我读完这部作品是出于责任感,当我读完最后一页的时候,心中长舒了一口气。

这类让人在阅读中难以产生阅读兴趣的书我没什么可说的。每位读者自己都是最好的批判家。不管学者们对一本书的评价如何,不管他们是多么一致地对一本书盛赞,要是你对这本书不感兴趣的话,你就不必去理会这本书。不要忘了批评家们也经常犯错误,在过往的批判史里,那些知名的批判家所犯的愚蠢错误比比皆是。你才是对你手中所读书籍的价值的最终评判者,这一点当然也适用于接下来我将给你们推荐的书。我们每一个人都不尽然相同,即便有所相似,我认为的那些于我而言很有价值的书籍对你而言却不一定如此有价值。但是我想提到的这些书籍的确让我在阅读之后知道了更多东西，如果不是阅读过它们，我想我也不会是今日的我。所以我请求你，如果你们其中的任何一个人是因为我的推荐才读这些书的，那么我建议你们合上这些书；如果你不享受着去阅读的话，它们只会对你毫无益处。没有人必须要去读些诗歌、小说，以及那些被列为"纯文学"的书籍（belles-lettres 是法语中对纯文学统称的一个术语，我希望英语中也有这样一个术语，但就我所知并没有），我们必须带着愉悦去阅读才行。但谁又能保证能带给一个人愉悦的书籍就一定能让另一个人愉悦呢？

请不要认为这种愉悦是不道德的。愉悦本身是好的，它就是纯粹的愉悦，但是某些愉悦有时会带来不好的后果，因而明智的人会主动避开某些愉悦。愉悦不一定就是肤浅的和满足感官的。各个时代的智者都已发现，获取知识的快乐是最让人满意的，也是最为持久的。所以保持阅读习惯是非常好的。在度过了生命的黄金年华之后，你会发现你能欣然参与的活动已为数不多。除了象棋、填字游戏，几乎没有一种你一个人就能玩起来的游戏。但是阅读就不一样了，它丝毫不会让你有这种困扰。没有哪一项活动可以像读书一样——除了针线活,但它并不能平复你焦躁的心情——能随时开始,随便读多久,当有人找你时也可以随时搁下。没有其他娱乐项目比阅读更省钱了,你在公共图书馆的那些愉快日子和阅读廉价版图书时的愉快体验正好说明了这一点。培养阅读的习惯能够为你筑造一座避难所,让你逃脱几乎人世间的所有悲哀。我说"几乎",是因为我不想夸张地说阅读能缓解饥饿的痛苦,或者平复你单相思的愁闷。但是一些好的侦探小说和一个热水袋,便能让你不在乎最严重的感冒的不适。相反,如果有人必须读那些使他觉得无味的书,谁会养成为了阅读而阅读的习惯呢?

下面我将按照年代顺序来谈我想要提到的书,这样更便利些。当然,如果你决心要读这些书籍,也没有必要一定按照这个次序。在我看来,最好是按照你个人的喜好来阅读这些书,甚至不一定要读完一本再读一本。就我而言,同时阅读四到五本书会更符合我的阅读习惯。

毕竟,你每天的情绪都不同,就算在一天内,你也不会每时每刻都想要去阅读某本书。我们必须让自己适应这些问题，而我逐渐养成了最适合自己的读书习惯。在早上，当我工作之前，我会先看一会儿哲学类或科普类的书籍，阅读这类书籍需要一个清醒和专注的头脑，这样做能激起我一整天的活力。当我的工作完成之后，我便想要放松。此时我倾向读一些历史、散文、批判性文章和一些传记类作品，以使我的大脑放松。除了这些，我还在手头放着一些诗集，以便我随时兴起想要翻一翻。我的床边也放着一些书，可以随时开始翻阅，也可以随时在读完哪一段后放下，不过，这样的书太少见了。

跳跃式阅读和小说节选

我对在《红书》上发表的书单做了一个简短的注释:"如果聪明的读者能学会跳读的技能,他便总是能在阅读中获得最大的乐趣。"一个明智的人不会把读小说当作一项任务,而是把它作为一种消遣。他会对故事中的人物感兴趣,会关心他们在特定的情形下的举动,也会好奇他们接下来的经历。对于他们的磨难,他抱以同情;对于他们的喜悦,他抱以欢欣。他将自己置身于人物面临的境地之中,甚至同人物一起活在故事里。故事中人物的人生观,对于人类思考这类伟大题材的态度——无论是以言语还是行动的方式来呈现,都会在读者的心里激起一丝惊讶,或喜悦,或愤怒。读者知道自己本能所感兴趣的地方,于是遵循着本能去跳读,就像猎犬追寻狐狸的气息。有时,因为作者处理不当,读者会迷失方向,于是他开始挣扎,直至再次找寻到感兴趣的内容,这时便再次开始跳跃性阅读。

每一个人都会跳读,但是要想在无损阅读体验的情况下进行跳跃性阅读实属不易。就我所知,跳读即使不是一种天赋,大概也要通过经验累积才能获得。约翰逊博士十分擅长大幅地跳读,博斯维尔说:"约翰逊有一种独有的天赋,无须费力便能将一本书从头读到尾,捕捉到精华的内容。"当然,博斯维尔在这里指的应该是信息类或启迪类书籍。如果小说读起来很费力,那么就干脆不要读了。不幸的是,出于某些原因我在这里要谈的是,很少有小说能让人一直带着兴趣从头读到尾。尽管跳跃式阅读可能是个不好的习惯,却是读者不得不学会的一项技能。一旦读者开始跳读,便会发现很难停下,于是可能错过许多本来可能有助于他阅读的内容。

正因为读者经常出现上述那种情况,在本书单于《红书》上发表之后,一个美国出版商提出他想要出版我提到的这十本小说的浓缩版,并且想在每本小说前附上我所写的前言。他的想法是只保留作者想要在故事中传达的内容,包括作者提出的观点和作者笔下人物的性格,其他内容一律删除,这样以便让读者去读这些优秀的作品。如果不这样做的话,读者便不会去触碰这类作品。若有人将作品中那些繁枝冗叶的部分去掉,保留下来的便是精华部分,读者便能最大限度地享受文字所带来的欢愉。我一开始并不支持这个想法,但后来一想,尽管有些人能够按个人的需求跳读,但大多数人都不能,要是有一个技艺老道并且具有辨识力的人帮他们提前做了跳读这道工序,那么不是美事一件吗?同时,我也很欣然为这些小说写前言,于是便着手这项工作了。一些文学研究者、教授和批评家定会对这种删减大家之作的做法感到惊讶,并且认为应该阅读大家之作的原稿。在我看来,能否删减则取决于是什么样的大家之作。比如情节跌宕的《傲慢与偏见》在我心中就一个字也删不得,同样不能删的还有结构紧凑的《包法利夫人》。明智的批评家森茨伯利曾写道:"极少有小说作品能经得起精练和浓缩,甚至狄更斯的也不例外。"删减本身并不应该遭到斥责。许多剧本在排演中都或多或少会被大幅删减,以达到最好的戏剧效果。多年前的一天,我和萧伯纳一起用午餐,他告诉我他的剧本在德国取得的反响要比在英国好,而他将此归因于英国民众的愚蠢和德国民众的智慧。他断然错了。是因为在英国时,他坚持认为他剧本中的每一个字都不能漏掉。我曾在德国看过他的剧,当时德国的导演把他剧本中和主题无关的冗言赘语毫不留情地删减了,于是观众们在观看过程中能够痛快地享受。当然,我觉得这样告诉他有些不妥。那为什么小说就不能参照同样的过程来删减呢?

柯勒律治认为《堂吉诃德》这本书只通读一遍就够了,若要再读,随便翻翻就行了。他大概是指这本书的某些部分有些乏味,甚至荒唐,所以当你意识到这一点的时候,你就会觉得无须浪费时间再重读一遍了。《堂吉诃德》是一部伟大而重要的作品,一个自诩为文学研究者的人当然要通读这部作品(我曾一页不落地读过两遍英文版本和三遍西班牙语版本），然而我不得不考虑到那些为了找寻阅读乐趣的普通读者，就算他们没有读那些无趣的部分也不会觉得这本书少了什么东西。要是他所读到的内容全部都是书中这位慷慨骑士和他的忠心仆人相关的历险和对话，他定在阅读这部分如此有趣和感人的内容时感到愉悦。事实上，一个西班牙的出版商就将《堂吉诃德》中的精彩部分单独成书另出一版。这个版本的阅读体验非常好。还有一本很重要的小说，然而这部作品算不上伟大，那就是塞缪尔·理查逊的《克拉丽莎》。这部作品篇幅巨大，除了那些最有毅力的读者之外，恐怕没多少人能把它读完。如果不是遇到这部小说的删减版，我是决不会去读这部作品的。而我读的删减版本处理得非常不错，所以我在阅读的过程中并没有感觉缺少了什么。

我想大多数人都会承认马塞尔·普鲁斯特的《追忆似水年华》是 20 世纪问世的最伟大的小说。普鲁斯特的狂热仰慕者们，其中也包括我，会一字不漏、饶有兴趣地阅读这部作品。我曾夸张地说过，我宁愿被普鲁斯特的作品无聊死，也不要在其他作家的作品里去找阅读的乐子。但是在读过三遍他的作品后，我开始承认他的作品中有些部分并没有很高的阅读价值。我猜想未来人们也许会对普鲁斯特这种断断续续的有关沉思的描写失去兴趣，因为这种描写方式受普鲁斯特所在时代的意识流的影响，但现在这种意识流的创作方法部分已经被摒弃，部分显得陈腐老旧。我认为未来会有更多的人意识到普鲁斯特是一位伟大的幽默作家。他笔下的人物是如此新颖、多样和贴近生活，这种对人物的创作力将会使他和巴尔扎克、狄更斯以及托尔斯泰平起平坐。也许有朝一日，普鲁斯特的这部巨作也会以删减版发行，其中那些因时间流逝而毫无价值的段落将会被删掉，而只有那些一直能吸引读者兴趣的部分会被保留，即小说的核心部分。尽管届时经过删减，《追忆似水年华》仍然会是一部很长的小说，但删减后的版本是一部极好的小说。安德烈·莫洛亚在其传记作品《追寻普鲁斯特》中对普鲁斯特的描述有些复杂，然而我能理解的便是《追忆似水年华》这部作品的作者本来是打算将其分成三部出版，每部大约有400页。当第二部和第三部正在印刷的时候，正值第一次世界大战爆发，所以出版推迟了。普鲁斯特当时的健康状况非常糟糕，不能去参战，于是他有充分的时间对第三部作品添加大量的内容。据莫洛亚讲，"这位作家增添的许多内容都是心理描写和哲学陈述，它们是这位智者（我把莫洛亚口中的这位智者理解为普鲁斯特这位作家本人）对书中人物行为的评价。"莫洛亚还补充道，"从这些后来增添的内容中，我们也能整理出类似蒙田风格的系列散文，且覆盖的主题甚广，包括音乐的作用、艺术的新颖性、美的风格、稀有人格，以及对医药的鉴别，等等。"莫洛亚的话倒没有错，但是它们是否会增添这本小说的价值，我认为则取决于我们对小说基本功能的看法。

关于这个问题，不同的人有不同的看法。赫伯特·乔治·威尔斯写了篇很有趣的散文《当代小说》来表达他的观点："在我看来，小说是唯一能供我们讨论当下社会问题的媒介，当今社会的发展让我们不得不面对诸多问题。"他认为小说"将会是社会的调停者,将会成为理解的桥梁,自省的工具,伦理道德的展现,生活方式的交流,风俗的宝库,并将对法律制度、社会教条和一些思想做出批判";"我们将通过小说来探讨政治问题、宗教问题以及社会问题"。威尔斯不太赞同小说只是用来消遣的观点,他曾直截了当地表达过自己无法将小说视作一种艺术形式。但奇怪的是,他不喜欢自己的小说被说成宣传类的作品,他这样解释道:"因为在我看来,'宣传'这个词应该只用于指某些有组织的党派、教会或学说所进行的活动。""宣传"这一词,在现在而言,它的含义却远非此。它表示通过某种方法试图说服别人相信你的观点是正确的,其中包括你觉得什么是对的或恰当的,什么是好的或坏的,什么是公平的或不公平的,不管是以口头的方式,还是书面的文字,还是广告的形式,或是无休止的重复式洗脑的方式,在你的宣传之下,别人应该接受你的观点,并一丝不苟地实践。威尔斯主要的几部小说就传播了某些学说和原则,而那便是宣传。

那么,小说到底是不是一种艺术形式?它的目的到底是要给人以指示还是愉悦？如果小说的目的是给人指引的话，那就不算艺术形式了。因为艺术的目的便是愉悦。关于这一点，诗人、画家以及哲学家都是同意的。然而，因为基督教教导人们对愉悦保持戒备，认为愉悦是腐蚀他们不朽灵魂的陷阱，艺术的愉悦性这一真相使许多人大为吃惊。将愉悦视作一件美事显然更加合理，但要记得某些欢愉也会带来不爽的后果，有时还是最好避开。一般人认为愉悦仅是感官层面的，这是自然的，因为感官上的愉悦要比精神上的愉悦更加鲜明。但这样的想法肯定是错误的，因为愉悦分为心灵的愉悦和身体的愉悦，心灵的愉悦虽不如身体的愉悦刺激，却更加持久。《牛津词典》对于艺术一词给出这样的定义："艺术是个人审美的一种运用技巧，如诗歌、音乐、舞蹈、戏剧、演讲、文学创作等。"这个定义非常好，紧接着它又解释道："特别是在现代工艺的运用中，通过工艺和作品本身的完美来展现艺术本身的技巧。"我想这便是每个小说家想要达到的目标，但是没有人做到过。我认为我们或许可以称小说是一种艺术形式，也许不是高雅类的艺术，但终究还是归为艺术的范围。然而，小说本身是不太完美的一种形式。鉴于我曾在各地的演讲中涉及过这类题材，我在这里能讲的和过去我所提到过的内容也差不多，那么我就简短地从过去那些演讲内容中引用一些内容。

我认为将小说作为传播知识的平台是一种陋习，读者会因此受到误导，因为这样做会让他们觉得能够轻易地获取知识。获取知识是一件相当麻烦的事情，必须得付出艰辛的努力。要是我们能在果酱般美味的小说中吸收那些实用知识的药粉，那自然是好的。但真相是，加工得如此美味后，我们无法肯定其中的药粉是否还能起效。因为小说中所描述的知识总归带有作者的偏见，其可信度大打折扣。如果了解到的知识有所歪曲，那还不如不了解的好。没有理由要求小说家在做一名小说家之外，还要成为什么家。他只要是一名好的小说家就够了。他应该对诸事都知晓一点，但又不必成为任何一个特定领域的专家，不仅没必要，那样有时候反而会适得其反。他只需品尝一小口羊肉就可以知道羊肉的味道，而不用吃光整只羊。通过小说家的想象力和创造力,便可以向你描述爱尔兰炖肉的美妙味道。相反,当他从描写事物变换到陈述他对养羊以及整个羊毛产业,甚至澳大利亚的政治现状的看法时,读者就应该对他的观点采取保留态度。

小说家总是听任自己的偏见。他所选择的题材、所塑造的人物以及对他笔下人物的态度都受自己偏见的影响。无论他写的是什么,都是对自己个性的表达,也是他的内在本能、感觉和经历的集中表现。不管他多努力去保持客观,他仍然是自身癖好的奴隶。不管他多努力想要去保持公正,他或多或少都会偏向某一方立场。在作品开篇,他便开始让你注意到某个人物,继而引发你对这个人物的兴趣和同情。亨利·詹姆斯曾一次又一次地强调,小说家必须懂得在作品中营造戏剧化的效果。尽管这种说法不是很明晰,但有效地揭示出小说家会为了抓住你的注意力而戏剧化地组织小说里的材料。如有需要的话,他会牺牲掉真实度和可信度来完成他想要达到的效果,而那并非科学类或信息类作品的创作方式。小说家的目的不是指引,而是愉悦。

一部好小说应该具有哪些特性

现在,我想冒昧地说一说,在我眼中一部好小说应该具有哪些特点。首先,它的主题要能够引起读者广泛的兴趣,不仅要使一群人——教授、批评家这种有高度文化修养的人,或公共汽车售票员、酒吧侍者——感兴趣,而且要具有较广泛的人性,对普通男女都有感染力。其次,它的主题应该能引起读者持久不衰的兴趣。一个选择只能引起读者一时性兴趣作为题材进行创作的小说家,是个轻率的小说家,因为这样的题材一旦失去人们的关注,他所创作的小说就会像上个星期的报纸那样不值得阅读了。作者讲述的故事应该有说服力,并且有条理。故事要有开端、中间和结尾,而结尾必须是开端的自然结局。事件的情节要具有可能性,不但要有利于主题发展,还应该是由故事自然产生的。小说中的人物要具有个性,人物的行为应该源于人物的性格,绝不能让读者做出这样的议论:"某某是决不会做那种事情的。"反之,要读者不得不承认:"某某那样的做法,完全是情理之中的。"我以为,要是人物同时很有趣,那就更加好了。虽然福楼拜的《情感教育》在许多著名批评家那里得到了高度赞赏,但是他选择的主人公是个无个性、无生气、无特点的人,致使人物的所作所为以及在他身上所发生的一切事件都无法引起人们的兴趣。结果,虽然小说中有许多出色的地方,但整篇小说还是难以卒读。我想,我必须解释一下为什么我说人物必须具有个性。对小说家而言,创造出完全新型的人物的要求是强人所难。小说家的材料是人性,虽然在形形色色的环境中人性会千变万化,但这不是无限的。小说、故事、戏剧、史诗的创作历史已有几千年,创造出一种完全新型人物的机会,对一个小说家来说可谓微乎其微。在整个小说史中,我所能想到的唯一具有独创性的人物是堂吉诃德。然而,我毫不惊讶地听说,有一位学识渊博的批评家已为堂吉诃德找到了一个古老的祖先。所以,只要一个小说家能够借由个性来观察他的人物,并且他笔下的人物鲜明到足以让人误以为那是一个独创的人物,他就已经很成功了。

正如行为应缘于性格,语言也应如此。作为一个上流社会的女人,她的谈吐就应该符合一个上流社会女子的身份;一个妓女的谈吐,就要像一个妓女;一个在赛马场中招徕客人的人,或者一个律师,谈吐都得符合各自的身份(我必须指出,梅瑞狄斯或亨利·詹姆斯的小说有一个问题,那就是其中的人物都千篇一律地用作家自己的腔调说话)。小说中的对话不应杂乱无章,也不应该成为作者发表意见的工具,它必须为故事情节的发展和典型化人物的塑造服务。叙述的部分应该写得直接、明确、生动,将人物的动机以及他们所处的环境交代清楚,令人信服,不可过于冗长。作者的文笔要简洁,使文化修养一般的读者在阅读时也不觉得费力;风格要与内容相匹配,就像样式精巧的鞋正适合大小匀称的脚。

最后,一部好的小说还必须引人入胜。虽然我最后才说这一点,但这是最基本的特点,少了它,其他一切都会落空。在提供娱乐的同时,一部小说越引人深思,就越优秀。娱乐一词有许多意思,提供消遣或乐趣只是其中之一。人们容易错误地认为,娱乐的多种含义中消遣是唯一重要的事。其实,和《项狄传》《康第姐》相比,《呼啸山庄》与《卡拉马佐夫兄弟》同样具有娱乐性,虽然感染力的强弱不同,但它们同样真实。当然,小说家有权利处理那些与每个人都密切相关的伟大主题,如:灵魂的不朽、上帝的存在、生命的意义及价值。但是,他在处理的同时,最好记得约翰逊博士的一句至理名言:关于灵魂、上帝或者生命这样的主题,不会有人再能发表出崭新却又真实的见解,或者真实而又崭新的见解了。小说家只能寄希望于,读者对他所涉及的这些主题感兴趣。这些主题是小说家所要讲述的故事的一个组成部分,而且对人物的典型化起着必不可少的作用,会影响到人物的行为举止,换句话说，如果没有它们，人物就不会有那样的行为举止。

纵使一部长篇小说具备了我上述提出的所有优点（这已是相当高的要求），在形式上它也会有或多或少的缺陷，如同白璧微瑕，无法做到尽善尽美。所以，没有哪一部长篇小说是完美的。一篇短篇小说可能是完美的，它的篇幅决定了读者大约需要 10 分钟到一个小时完成阅读，它的主题单一、明确，完整地描写了一个精神的或者物质的事件，或者描写了一连串密切相关的事件。它能够做到不可增减。我相信，短篇小说是可以达到这样完美的境界的，这样的短篇小说也不难寻找。然而，作为一种叙事文学，长篇小说的篇幅是无法限定的，它可以像《战争与和平》那样长篇幅，同时表现一系列相互关联的事件和许多人物；也可以像《嘉尔曼》那样短。为了使故事更加真实，作者需要讲述一些与故事相关的事情，而这些事情通常并不总是有趣的。事件的发展需要时间上的间隔，为了使作品得到平衡，作者得尽力插入一些填补时间空白的内容，我们称这样的段落为"桥"。虽然多数小说家天生具有过"桥"的本领，但在过"桥"

时，难免枯燥无味。小说家也是人，不可避免地会受世风的影响，更何况小说家拥有远胜常人的感受性，他往往会不由自主地描述一些随世风改变的、昙花一现的内容。例如，在19世纪之前，小说家不太注重景物描写，写到某个事物时至多一两句话。然而，当浪漫主义作家，如夏多布里昂，受到公众的追捧后，为了描写而描写便成了一时的风尚。一个人去杂货店买牙刷，作者也会告诉你他路过了什么样的屋子，店里出售些什么商品，等等。破晓和日落、密满星星的夜晚、万里无云的晴空、积雪皑皑的山岭、幽暗阴森的树林——这一切都会引来无休止的冗长描写。其中的许多描写固然很美，但与主题无关。很久之后，作家们才明白，不管景物描写多么富有诗意，多么逼真、形象，如果无益于推动故事的发展或者读者了解人物，那就是多余的废话。在长篇小说中，这是偶尔会出现的缺点，另一种缺点则是必然的、内在的。完成一部洋洋巨著是极花费时日的，至少也要几个星期，通常需要好几个月，甚至花费好几年。作者的创造力有时会衰退，这是自然的事。这时候，作者只能硬着头皮继续写下去,这种情况下写出来的东西如果还能吸引读者的话,那简直是惊人的奇迹了。

过去的时候,读者总希望小说越长越好,他们花钱买了小说,当然想要读出本钱。因此,作家们耗尽心力地在自己所写的故事中添加更多的材料。他们发现了一条捷径,那便是在小说中插入另一则小说。有时候,插入的内容像一个中篇小说那么长,却又与整体的主题毫无关系,纵使有关系也只是牵强附会。这就是写出《堂吉诃德》的塞万提斯的做法,其大胆程度简直无人能比。后来,人们一直把那些插入的文字视为这部不朽杰作中的一个污点,早已失去阅读它们的耐心。正因如此,塞万提斯遭到了现代批评家的攻讦。不过在书的后半部,我们知道,避免了不良倾向的塞万提斯写出了那些被认为奇妙得难以想象的篇章,比前半部好太多了。令人遗憾的是,这种做法并未在塞万提斯这里停止,他的后继者们(他们无疑并不阅读批评文章)为了满足读者的需要,继续给书商提供大量的廉价故事。等到19世纪,新的出版形式为小说家提供了新的诱惑。大篇幅刊登消遣文学使得月刊大获成功，虽然有人对此嗤之以鼻，但对小说作者而言，它提供了大好机会。通过在月刊上连载小说，作家能够获得丰厚的报酬。与此同时，出版商也发现了这一商机，在月刊上连载知名作家的小说是很容易获利的。按照合同，作家必须定期为出版商提供一定数量的小说，换句话说，要定期写满一定的页数。如此一来，他们必须减慢讲故事的节奏，同时一下笔就是洋洋万言。从他们自己说的话中，我们得知，这些连载小说的作者，甚至其中最优秀的，诸如萨克雷、狄更斯和特罗洛普等人也常常感到，一次次在截止日期前交出等待连载的小说是一种令人厌恶的沉重负担。难怪他们要把小说拉长！难怪他们只好用不相干的内容使故事变得拖泥带水！所以，如果想到当时的小说家面临的那些障碍和陷阱，那么当你发觉那时创作的最优秀的小说作品中也存在缺陷与问题时，便不会感到奇怪了。实际上，令我感到惊讶的是，那些缺陷其实并不如我们想象得那么多。

小说家不是故事员,但小说要有故事

在我的一生中,为了自我提高而阅读了很多谈论小说的著作。总体说来,这些著作的作者都秉持着与赫伯特·乔治·威尔斯相同的观点,认为小说不应被视作一种消遣方式。这些人一致认同,故事并不是小说中最重要的部分。事实上,在他们看来,故事是小说阅读过程中的一种障碍,读者的注意力在阅读故事时会被分散开,那些他们认为的小说中的重要因素便被忽视了。他们并不明白,实际上故事是小说家为了抓住读者的兴趣而扔出的一根救生绳索。在他们眼中,小说的庸俗化便体现为单纯地为讲故事而讲故事。我认为这种观点很奇怪,在人类身上,听故事的欲望是根深蒂固的,正如对财富的欲望一样。一直以来,人们围拢在篝火旁或聚集在市井中听彼此讲故事。人们听故事的欲望一直很强烈,从当今侦探故事的蓬勃发展中便可得到证明。仅仅把小说家视为故事员显然是一种侮辱与轻视,当然,我敢说没有人是这样看待小说家的,但小说家需要讲故事,这仍然是一种事实。他们通过自己所讲述的事件、所选择的人物以及对人物的态度,对生活做出批判。也许这种批判既不深刻也不新颖,但它已经出现在那里了。结果,通过这种简单的方式,小说家成了一个道德家,尽管他自己都没有注意到。与数学不同,道德不是一门精确的科学。道德的标准是持续变化着的,它与人类的行为密切相关。众所周知,人类的行为往往是多变的、复杂的和虚伪的。

小说家应该关注我们生活着的动乱的世界,哪怕未来这个世界不会得享太平。自由总是处于威胁之中,我们也总是受到恐惧、忧虑和挫折的困扰。某些社会准则在过去看起来不容置疑,现在早已不合时宜。然而,当小说家在作品中探讨这些严重的社会问题时，往往会使读者感到乏味与枯燥，这一点小说家心知肚明。例如，在避孕药问世之后，过去的道德标准中那些为保持贞洁而需要遵守的部分便不再适用。由此引发的两性关系变化很快被小说家捕捉到，为了维持小说对读者的吸引力，他们让男女主人公在故事中频频上床。在我看来，这不是一个好办法。关于性交，切斯特菲尔德爵士曾经有过这样的评论：欢娱是短暂的；情景是好笑的；代价是高昂的。如果切斯特菲尔德爵士寿命够长，活到今天并阅读过现代小说，也许他会做出这样的评价：行为是重复的；叙述是冗长的；感受是乏味的。

如今，注重刻画人物而非讲述故事已成为小说的一种倾向。诚然，塑造人物是很重要的。只有小说中的人物受到渐渐熟悉他们的读者的同情之后，发生在他们之间的事情才会得到读者的关心。然而，弱化人物之间发生的事件而倾尽全力塑造人物，只是小说的一种写法。另一种写法的存在同样是合理的，在这种写法中，小说家只是单纯地讲故事，对人物的塑造简单、粗略。实际上，很多流传于世的好小说就是采用这种写法的,如《吉尔·布拉斯》和《基督山伯爵》等。如果山鲁佐德[1]不讲述那些神奇的故事,只知道一味地刻画人物,她早就被砍掉脑袋了。

---

[1] 即《一千零一夜》里的故事叙述者,她因不断讲故事吸引残暴的国王而免遭杀害。

关于畅销书的好与坏

竟然存在一批评论家——很不幸的,还有一些自诩为知识阶层的读者——因为一本书畅销,便对它予以谴责,真是愚蠢至极。若认为一本多数人都想阅读并蜂拥购买的书必定比不上一本无人问津的书,实在是毫无道理。拥有一家瓶子厂和一块家族墓地而收入颇丰的洛根·皮尔索尔·史密斯曾这样谈论写作:"作家为了钱写作,便不是为了自我。"这种愚蠢的言论仅仅说明他对文学史的无知。约翰逊博士为了挣钱付母亲的殡葬费,写出了英国文学中的杰出作品,同时他说道:"除非是为了钱财,只要不是白痴,便不会愿意写作。"狄更斯与巴尔扎克也不把为钱财写作当作耻辱。小说作者的写作动机，就像作品能卖出多少本一样，与批评家没什么关系，判断读到的作品是否成功才是一个批评家的工作。然而，一个有思想、见地的批评家，对于一部作品可能的创作动机感到好奇也不难理解。他想知道一部作品同时受到爱好不同、文化程度迥异的读者的青睐，究竟是哪些因素在起作用。关于这个问题，只需比较一下《大卫·科波菲尔》和《飘》、《战争与和平》和《汤姆叔叔的小屋》之间的关系，就会有不小的收获。

当然，我并不是说所有的畅销书都是好书，畅销书也可能是糟糕的。可能由于正好涉及了当时公众感兴趣的某个问题，一本书得以畅销，书中错误满满，却还是受到普通读者的追捧。一旦那个特殊问题不再是普通公民的兴趣所在时，这本书便很快就会被遗忘了。一本书的畅销也可能是因为色情，毕竟猥琐的读者还是不少的，如果够幸运，出版商和作者引得了官方的注意和禁止，这本书也许还会激增一些销量。还有一种可能，一本书因为满足了多数人浪漫和冒险的愿望而得到畅销。毕竟在现实生活中这两种愿望是无法实现的,想要摆脱孤独与单调的生活唯一的方式便是沉溺于幻想中,如果将这种方式也禁止了,未免过于苛刻。

在美国,无论是小说还是非小说,近些年来宣传力度的加大也极大提高了书籍的销量,然而往往是一些价值不高的书被大肆宣传。在我看来,不管花多少钱在广告宣传上,让所有人都来阅读某一本书都是不可能的,除非这本书中有一些内容能够吸引公众。我想,所有的出版商也都会同意这一点。那些原本便想读某本书的读者,在广告的作用下注意到它了,这便是广告宣传最大的作用。出版商做广告去宣传某一本书,也是因为它自身具有某种可读性。尽管它可能构思极糟,写得也差劲、平庸、造作、滥情并且不合情理,但它一定有某种东西能够吸引大众。这就说明,它在某个方面是成功的。指责大众不该喜欢这样一本缺点满满的书往往是徒劳的。只要书里某种特别的东西能够吸引人们的兴趣,业已引起他们的追捧,他们也便不在意书中的缺点了。如果批评家能够指出那特殊的东西是什么倒有些用处,那才是批评家能够给予我们的教益。

Ⅲ 怎样思考就有怎样的人生

我发现读哲学很有趣

库诺·费舍引领我迈进哲学世界,我曾在海德堡听过他的讲座。他的名气非常大。那个冬天,他的系列讲座的主题便是叔本华。当时去听讲座的人非常多,所以要是想占一个好位子,必须得赶早去排队。库诺·费舍衣着整洁,个头不高,身材略胖,脑袋圆圆的,一头白发梳得齐整,脸色微红。他的眼睛不大,目光却机智而闪耀。他的塌鼻子很有趣,就像是被人猛击过一般,你可能更觉得他像一个年事已高的职业拳击手,而不是一位哲学家。他是一个很幽默的人,他曾写过一本关于如何说话风趣的书,当时我恰好在读他的那部作品,但现在书里的内容我几乎忘得差不多了。每当他在讲座中开玩笑的时候，台下的学生们便会哄堂大笑。他声音洪亮，做起演讲来生动鲜活，让人印象深刻，感染力十足。我当时还太年轻、太无知，所以对他说的许多东西都不大理解，但我清晰地记住了叔本华那怪异而独特的性格，同时模糊地体会到叔本华的哲学体系的生动和浪漫的特质。时隔多年，我不太想对此做什么评价，但我想说一点，库诺·费舍将有关哲学的讲座看作一项艺术活动，而不是对于哲学所做的一种严谨讲解。

自那之后，我便阅读了许多有关哲学的著作。我发现哲学非常有趣。对将阅读视作生活需求和一种愉悦的人来说，在众多的阅读素材中，哲学的确是最变化多端的、最丰富的和最令人感到满足的。古希腊文化的确很让人惊叹，但是和哲学比起来，它还稍显不足。用不了多久，你便读完了这些遗留无几的古希腊文献和与其相关的著作。意大利的文艺复兴也令人神往，但这一时期的主题相对来说狭窄且有限。它蕴含的思想不多，很快你便会对这一时期的艺术形式感到厌倦，因为它们的创造价值早已经所剩无几。优雅、迷人、工整是你对这些作品的唯一感受（而这些特质于艺术作品而言，早已屡见不鲜），于是你很快对文艺复兴时期的艺术家们也感到厌倦，因为他们的才艺千篇一律、毫无新意。你永远都可以继续阅读意大利文艺复兴时期的作品，但是在你读完这一时期的作品之前，你的兴趣便会消耗殆尽。法国大革命是另一个常引起作者兴趣的题材，这一题材的优点是它的现实性。它与我们曾在某个时间点如此贴近，所以只需要一点点的想象力，我们便可以将自己代入到大革命发起者的世界中去。这些作者几乎和我们是同时代的人，他们的所做所想都影响着我们今天的生活。在思潮的影响下，可以说我们都是法国大革命的后继之人。这一时期的素材非常多。有关法国大革命的文学作品数不胜数，并且还在不断涌现。你总是能找到一些新鲜且有趣的作品来阅读，然而你并不会因此满足。这一时期问世的许多艺术和文学作品都无足轻重，所以你不得不开始了解到底是谁创作出这些作品的。你越了解这些作者，就会越发对他们的卑鄙和粗俗感到失望。若将世界的历史比作一个舞台，那么法国大革命毫无疑问是一出大剧，然而这出剧的演员们却表演得不太好，真是遗憾。所以到最后你只得带着淡淡的厌恶，放弃了它。

然而哲学作品不会让你失望。在这类作品中，你永远都望不到边界，它就像人类的灵魂一样多样。这类作品很伟大，它所探讨的问题几乎涉及知识的各个领域，它涉及宇宙，神明和永生，人类理智的属性，生命的终结和归处，人类的力量和局限，等等。人们在这晦暗而神秘的世界上前行，总是被不同的问题所困扰，如果哲学不能帮助这些人解惑的话，那么它也会以幽默的方式说服他们安于自身的无知。哲学教会人们退守为安，也教会人们砥砺前行。它能给人们带来想象力和智慧。对业余爱好者来说，我认为哲学能够满足他们的幻想，给他们最大的乐趣，供他们打发闲散的时光。这些业余爱好者从哲学中感受到的乐趣可能比哲学家感受到的还要多。

自从受到库诺·费舍讲座的启迪之后，我便开始阅读叔本华的著作。目前我已经差不多读了所有伟大的古典哲学家的重要作品。尽管书中有许多地方我不甚明白，甚至我实际理解的程度还达不到我自以为理解的，但在读这些作品时，我仍兴趣盎然。黑格尔是唯一一个让我觉得其作品无聊的哲学家。然而，毫无疑问，这是我的问题，他在19世纪对哲学思想的影响就足以说明他的重要性。我发现他的作品有些啰唆，也实在受不了他在书中的文字戏法，也许我是因为叔本华对黑格尔的批判才对后者有了偏见。对于柏拉图及其之后的哲学家，我一个接一个地阅读他们的作品，就像愉快地畅游在未知世界。我并不是批判性地阅读，而是像我读小说一样，寻求刺激和愉悦。（我已经坦诚地讲过，我阅读小说不是为了获得指引，而是为了找寻乐趣。愿我的读者对此多包涵。）我对人性极感兴趣，不同的作者以他们的自我揭示供我审视，这给予我莫大的乐趣。在每一种哲学理论的背后，我看到每一个哲学家个人的特质，他身上的高贵品格让我崇敬，他的某些怪异之处也让我觉得十分有趣。当我追寻普罗提诺头晕目眩地从一个又一个孤寂的哲学世界中穿行时，我是如此欣喜和愉悦。我因笛卡儿的言语之简洁而折服，尽管我知道他在合理前提下给出了荒谬的结论。阅读笛卡儿的作品就像在澄澈见底的湖中游泳，那湖水看起来如此清澈。我认为初读斯宾诺莎的作品是我人生中重要的阅读体验之一，他的作品让我心中有一种庄严而欢欣的感觉，就像仰望一座连绵巍峨的山脉。

当我开始读英国哲学家的作品时，我的心中带着一点偏见。因为我曾在德国了解到，除了休谟之外，这些英国哲学家都不值一哂。休谟之所以重要，是因为德国哲学家康德曾经驳斥过他的观点，这让我印象很深。我发现这些人除了是哲学家之外，也是罕见的优秀的作家。尽管他们不是伟大的思想家，这一点我也没资格去评判，但是他们的确是很勇于探索的人。在我看来，绝大多数人在读到霍布斯的《利维坦》的时候都会被作者那简单直率的英国作风所吸引，当然，每个人在读到贝克莱的《海拉斯与斐洛诺斯哲学对话三篇》的时候也会沉醉在大主教的魅力之中。尽管康德可能真的驳倒过休谟的哲学理论，但是我认为休谟将哲学作品写得这般雅致清晰，也是十分难得的。包括洛克在内，他们所有人都将英语运用得如此之好，以至于后来研习文风的学生只能好好向他们学习了。每当我开始写小说之前，我就会再读一遍《坎戴德》，这样一来，我心中便知道明朗、优雅、风趣的语言该是什么样了。在我看来，今日的英国哲学家们在写作前，不妨都去看一看休谟的《人性论》，因为现在的他们并非总是有出色的作品。也许是他们的想法要比前人更加微妙，所以他们不得不自己创造出一个术语来表达自己的意思，但这样做是很危险的。如果这些哲学家在阐述一些和所有懂得思考的人密切相关的问题时，只能使用自创的术语而无法让所有读者都理解清楚，这多么令人遗憾啊！据说，怀特海德教授是哲学界最具天赋的人物。可惜的是，他并没有尽全力让自己的想法得到清晰的表达。斯宾诺莎坚持的准则就很好，当他在说明事物的属性时，使用词语的含义总是不会与该词语的本意相背离。

没有一本一劳永逸的书

在进入一所医科大学就读后,我发现了一个新世界。在那里,我读到许多医科著作。书中讲到,人是一台机器,且受到机械法则的控制,一旦机器停下来,人的生命也就走到了尽头。在医院里,我看到人们死去,深感惊恐的同时,我相信了书本上讲述的道理。我自以为是地相信,人类在进化过程中为了生存需要构想出宗教和上帝的观念,这些观念在过去——或许现在也是——表现成某种有利于种族生存的价值观,我们只能在历史层面予以解释,并不能视其为真实的存在。虽然我自视为不可知论者,但在内心深处,我认为理智的人必须拒绝上帝这种假设。

然而，如果根本不存在那个将我投进永恒之火的上帝，也根本不存在被永恒之火吞噬的灵魂，如果我仅仅是被生存竞争推动的机械力量的玩物，人们反复教导给我的善，意义到底在哪里？于是，我开始阅读伦理学。在潜心读完一部部令人生畏的巨著后，我得出结论：人生的目的只是寻求自身的快乐，并不为别的，那些舍己为人的行为也只是为满足人们的一种幻想——实现自己所寻求的、做一名慷慨者的快乐。既然未来是不确定的，及时行乐理当是一种常识。在我看来，是与非不过是两个词语，行为准则只是人们为了保护各自的利益而约定的一种习俗。追求自由的人并不一定要遵循那些准则，除非他认为它们对他并无妨碍。在那个流行格言的年代，我把自己的信念也编成了一句用以自勉的格言："想去哪儿就去哪儿，只是别让警察盯上。"到 24 岁时，我已建立起一套完整的哲学体系。它有两条基础的原理：物的相对性和人的圆周率。后来我才意识到，物的相对性并不是什么新发现。人的圆周率倒可能是深刻的，但我现在绞尽脑汁，也想不起它的意思了。

有一次，我在阿那托尔·法朗士的《文学生涯》的某一卷里面，偶然间阅读到了一个非常有趣的小故事。那是很多年前的事了，至今我还记得故事的大致内容：一个东方的年轻国王登基后，想要治理好他的王国，为了成为世上最英明的君王，便召来了国内所有的贤士，他命令贤士们去收集世上所有的智识慧言，编纂成册，供他阅读。贤士们奉命而去。30年过后，贤士们牵着一队背载5000册书的骆驼队回来了。他们告诉国王，这5000册书中收录了天下所有的智识慧言。然而，忙于国事的国王并没有时间读那么多书，他命令贤士们回去加以精选。15年过后，贤士们回来了，这次骆驼背上只有500册书。他们禀告国王，读完这500册书，就能尽知天下智慧。然而500册还是太多，他们奉命再做精选。又过了10年，贤士们带着50册书回来了。但国王已年迈不堪，疲惫到连50册书也读不了了。于是他下令，让他们再做一次精选，做出一本囊括人类智慧精华的书，让他最终能够学到他最迫切需要的知识。贤士们奉命而去。又过了5年，归来的贤士们自己也成了老年人。

那本包含着人类智慧精华的书被贤士们送到国王手里,然而,此时的国王已经奄奄一息,连一本书也来不及读了。

我也想找到这么一本书,它能够让我一劳永逸地解决一切疑问。那样我就可以在解决了一切疑问后,放手去构建自己的生活模式。我从古典哲学家读到现代哲学家,想在他们那里有所收获,但我发现他们的言论很不一致。在我看来,他们著作中的批判部分都是很有道理的,但其中有建设性的部分,虽然我说不出有什么问题,却总是让我难以心服口服。尽管他们给我留下了学识渊博、分类精细、推理严密的印象,但我总觉得他们各自保持的观点,不是出于理性的思考,而是出于不同的气质,否则我很难理解他们长时间争论不休的行为,以及所抱持意见之间如此悬殊的差异。我似乎在哪里读到过,费希特曾说,一个人抱持怎样的哲学观念取决于他是一个怎样的人。读到这句话后,我意识到,我很可能在寻找根本不存在的东西。因此我决定,既然在哲学上只存在符合个人气质的真理,而不存在适合于每个人的普遍真理,我只好缩小搜索范围，去寻找一个合我胃口的哲学家，一个与我观点相似的哲学家。因为符合我的气质，他对我的疑问所做出的解答也一定会让我满意。有一段时间，美国实用主义引起了我浓厚的兴趣。我曾阅读了一些英国著名大学的教授写的哲学著作，但却没有得到什么教益。他们的绅士气太浓，不像是很好的哲学家，我甚至有点怀疑是否是社交的缘故，他们怕伤害同侪的感情，所以不敢做出合乎逻辑的结论。实用主义的哲学家大都充满活力、生气勃勃，其中最重要的几位都有很好的文笔。他们深入浅出地回答了那些我一直无法想通的问题。不过，我始终不能与他们一起相信真理是达到实用目的的工具，尽管我很希望自己能这样做。我觉得，感性资料作为一切知识的基础是客观存在的，它们总是存在着，无论对你来说是否有用处。此外，他们还认为，如果因为相信上帝的存在，我获得了安慰，那么对我来说，上帝就是存在的。对于这种看法，我也觉得不舒服。最终，我对实用主义失去了兴趣。我认为柏格森的书是极其有趣的，但让人难以信服。本尼台托·克罗齐的著作也不合我意。但在另一方面，我发现伯兰特·罗素那些语言优美而且清晰易懂的作品让我读得心旷神怡，我满怀钦佩地阅读他的书，我很愿意将他当作我所寻找的向导。他不仅知识渊博，而且通情达理。对于人的弱点，他非常宽容。但我很快发现，作为一个向导，他的方向不太明确。在心智上，他有些游移不定。他就像一个建筑师，当你想建造一所房子居住时，他建议你先用砖头做材料，接着却又以各种理由来证明为什么石头是比砖头更好的选择；当你同意了用石头做材料，他又提出充足的理由来说服你钢筋混凝土是唯一的选择。最终，你连一个遮顶的篷子也没有盖起来。我想要找到一种像布拉德莱那样的首尾一致并能自圆其说的哲学体系，其中的每一部分都紧密相连，不可分割，也不能改动，否则整个体系便会分崩离析。伯兰特·罗素没能提供这样的体系。

最终我认定，这样一本完整而使我满意的书是永远无法找到的，因为它只能是我自身的一种表达。于是我做出大胆的决定，这本书必须由我自己来写。我细心研读那些研究生攻读哲学学位的必读书，一本接着一本。在我看来，这样至少能够给写作提供一个基础。我想在这个基础上，辅以我积累40年的生活知识（在产生这个念头时，我正好40岁），再加上我准备花几年的时间悉心研究的一些哲学名著，我想我有能力写出这样一本书，实现自己的愿望。对于其他人，这本书不会有任何价值，顶多是一个热爱思考的灵魂（这个词并不确切，姑且这么说）的写照，体现出这个人比一般职业哲学家丰富一点的生活经验。我清楚地知道，在哲学思维上我毫无天赋，因此我准备在理论收集上多下功夫。这些理论不仅要满足我的心智，还要满足（或许比我的心智更重要的）我所有的感情、本能和根深蒂固的偏见——很难把与生俱来的偏见和本能区分开。以这些理论为基础，我将建立一个对自身有效，并能指引我生活之路的哲学体系。

然而，我读得越多，越体会到这个课题的复杂程度，以及自己的无知。更加使我灰心丧气的是，我读到哲学杂志中那些题目重要且附有长篇论述的文章时，却像处在一片昏暗之中，只觉得茫然和烦琐。文章中那些推理过程和论述方式，对每个观点的精密论证和可能的反面意见的反驳,对初次使用的术语的界定和俯仰皆是的引经据典,都在向我证明,哲学——至少是现代哲学——只是专家们的事情,其中的奥秘不是门外汉所能了解的。要想完成这本书,我需要 20 年的准备时间才能开始创作,待完成后,我大概也会像故事中的东方国王一样,已经不久人世了。至于我的这一番辛劳,对那时的我而言,已不再有什么用处。因此,我放弃了这个念头。

读伦理学所想到的

普通人对哲学的兴趣,往往是从实际出发。他想弄清楚人生的价值,他该如何生活,以及他能够赋予世界怎样的意义。哲学家如果回避解答这些问题,哪怕只是给出尝试性的答案,都是在逃避责任。如今,对普通人来说,有关恶的问题是最迫切的。

让人觉得奇怪的是,探讨恶的哲学家总是喜欢用牙疼作为例子。他们一本正经地指出,你不可能感觉到他们的牙疼。看起来,牙疼是他们悠闲、舒适的生活中唯一的痛苦,也许我们可以预测,问题将随着美国齿科医学的改进而消失。我常常在想,哲学家获得学位,继而向年轻人传授知识前,最好先去搞搞社会服务,在某个大城市的贫民区里生活一年,或者通过体力劳动来维持温饱。在看到一个孩子是如何身患脑膜炎死去后,哲学家们一定会对与自身有关的某些问题产生新的看法。

如果这不是一个十分紧迫的问题,在读到《现象与实在》中讨论恶的那个章节时,你难免会觉得他写得有趣而诙谐。他拥有令人惊讶的绅士风度,给你以这样的印象:虽然不可否认恶的存在,但没必要对此大惊小怪,将恶的问题看得郑重其事也确实有些无聊。不论怎么说,恶是一个被过分夸大的话题,显而易见,恶中也有善的存在。整体而言,根本不存在痛苦,这是布拉德莱十分坚持的观点。

"绝对者"大于它所包含的所有差异与不和谐现象。布拉德莱告诉我们,"绝对者"的情形可以这样类比,在一部机器中,各部分产生的压力和阻力都为一个超越其自身的整体目的服务,"绝对者"类似于这个整体目的,只是层次要高得多。如果这是可能的,那就是真实的。恶与谬误皆服务于一个比它们自身范围更广大的计划,并且在这个计划中才能得以显现。在高于它们自身的善里面，恶与谬误起着部分作用，从某种意义上说，它们在无形之中也是善。简言之，恶只是我们的一种错觉。

对于其他派别的哲学家如何看待这个问题，我十分好奇。然而这方面的讨论并不算多。哲学家们也许认为这个问题没什么可说的，便把讨论重点放到那些便于发表长篇大论的主题上去了。在所存不多的言论中，我找不到令人满意的答案。也许是由于对恶的经历教育了我们，使我们变得更好了。但实际上，我们很难把这当作普遍法则。也许是因为同情与勇气十分珍贵，不经历苦难和危险是无法产生的。但我难以想象，一位士兵冒着生命危险拯救了一个盲人，授予士兵的维多利亚十字勋章对盲人的失明会有什么安慰作用。施舍代表慈善，慈善代表美德，这种美德能否减轻那位贫穷到等待施舍的跛足者遭受的恶呢？恶一直在那里，到处都存在：疾病、痛苦、亲人的死亡、贫困、犯罪、恶行、希望的幻灭，各种各样，不胜枚举。哲学家们对此怎么解释呢？有人说，从逻辑上讲，恶是必需的，否则我们也无从知道善；有人说，从本质上看，世界是善与恶的对立，二者在哲学上是相互依存的。神学家如何解释呢？有人说，人间有恶是上帝对我们的考验；有人说，为了惩罚人类的罪孽，上帝才降恶于人间。然而，当我看到一个无辜的孩子死于脑膜炎，对此，唯一能让我在理智和感情上都接受的解释是灵魂轮回说。众所周知，灵魂轮回说并不认为一个人的生命是从出生起始，到死亡为止的，生命是无限系列中的一环，前一环的所作所为决定这一环的命运。行善使人升入天堂，作恶则使人坠入地狱。一切生命都有终点，神也不例外，只有超脱生的轮回才能得到幸福，即止息于被称为"涅槃"的不变境界。只要一个人相信他所遭受的恶是前世孽果，恶也就不再难以忍受，同时，为了来世得到善报，他还会努力地行善。

遗憾的是，我发现这种理论是不可信的。

读完宗教书后,我知道了什么

在你阅读过那些世界各大宗教的基础教义后,你会有些惊讶地发现,其中大多数是后人对原始教义的发挥。他们的说教和树立的榜样,形成了一种比他们自身更加重要的模式。听到别人的恭维,多数人总会感到困窘。但奇怪的是,虔诚的信徒们在谦卑、谄媚地恭维上帝时,却以为上帝会高兴。我年轻的时候,受邀去乡间和一位比我年长的朋友一起小住。作为一名教徒,他每天早上都要和家人聚在一起,为他们念祈祷文。然而,《祈祷书》里的那些赞美上帝的段落全都被他用铅笔划掉了。他说,当面讨好别人是最恶俗的事。他是个绅士,相信上帝不会那样没有绅士风度。那时候我觉得他很古怪，现在我才发现他是多么有见地。

人是有感情的、脆弱的、愚昧的、可怜的，让他承受像上帝的愤怒这样的大事似乎不太合适。宽恕他人的罪过并不是件难事，只要你站在他人的立场想一想，便不难找到他做下不该做的事的原因，也便能找到替他辩解的理由。一个人受到伤害，愤怒的本能自然会驱使他采取报复行动，事关自身时，往往难以保持超然态度。但只需稍加思考，他便能从局外反观自己的处境。这样一来，宽恕他人对自己的伤害也就比较容易了，甚至比宽恕他人对他人的伤害更加容易。最困难的是宽恕受到他伤害的人，那的确需要有超常的反省能力。

当然，每个艺术家都希望获得人们的信任，但对于拒绝接受他的人，他也不会感到愤怒。上帝却不是这般通情达理，他对人类信仰的渴求，其迫切程度让你觉得他似乎需要用你的信仰来证明他的存在。对信仰他的人，他许诺会给予恩惠，对不信仰他的人，他会威胁并施以可怕的惩罚。至于我，我无法信仰一个因为我拒绝信仰他就要发火的上帝,我无法信仰一个还没有我宽宏大量的上帝,我无法信仰一个既不懂人之常情,又缺乏幽默感的上帝。对这件事,普罗塔克早就说清楚了。"我宁愿有人说,"他写道,"普罗塔克从来就不存在,也不愿有人说,普罗塔克是个动辄发火、反复无常、为一点小事就要恼怒、为一句闲话也要报复的人。"

尽管人们把自己都不愿承受的各种缺点都加诸上帝身上,但这并不能证明上帝就是不存在的。它只是证明,人们信仰的各种宗教不过是在一片密林中开辟出来的一条条死路,永远无法通往那神奇、奥秘的中心。关于上帝的存在,人们提出了种种证明理由,请你耐心地听我简单谈一谈。第一种理由是认为对完美事物的观念人皆有之;既然完美存在,那么完美的事物也一定存在。第二种理由是坚持万事皆有起源;既然宇宙存在,则必有起源,它的起源就是造物主。第三种理由是依据自然模式提出的,康德赞誉它有最清楚、最古老、最符合人类的理性。休谟在其对话录里通过其中的一个人物表述出这一理由——"大自然有其秩序和安排,终极的原因神奇地产生作用,每一器官和每一部分有其明显的目的和用途。这一切都清楚地表明,存在着一个有智慧的原因,或者说一个伟大的作者。"但康德认为,休谟的说法并没有特别支持第三种理由,对前面两种理由也是适用的,于是他提出了自己的说法。简单地说,他认为如果不存在上帝,人的责任感就会失去根据,而成为一种虚幻之物,责任感是实现自由、真实的自我的必要前提,所以从道德层面上说,我们必须信仰上帝。一般认为,康德的这种说法并非出于他缜密的思考,而更多是出于他和善的性格。虽然这种说法现在已经不时兴了,只在当作"圣贤有同见"的佐证时才为人所知,我倒觉得它比其他几种理由更具说服力。它表明,从原始时代起,人类就有某种对上帝的信仰,这是一种与人类一起发展的信仰,一种为最杰出的智者、希腊哲学家、东方圣人和经院派哲学大师所接受的信仰,很难想象它是毫无根据的。在许多人眼中,信仰是人的一种本能,但问题是,这种本能存在的前提条件是它的存在可能性得到满足。经验表明，一种信仰不论流行多久，都无法保证它一定是真理。因此，上述理由没有一种是充分有效的。当然，我们也不能因为无法证明上帝的存在，就否认其存在。人们始终有孤独感和畏惧感，始终希望自己能和宇宙万物保持和谐，这些相比自然崇拜、巫术崇拜、祖先崇拜，或者道德，更像是宗教的根源。虽然没有理由相信，你希望有的东西就一定存在，但是也不能确定，你无法证明的东西就一定不能相信。只因为缺少证据，你就不去相信自己所相信的东西吗？这显然是不合理的。我觉得，如果你是出于本性，希望在艰难的生活中获得安慰，获得一种能支撑你和鼓励你的爱，那么你就不会追究它的证据，也不需要这样的证据，相信你的直觉就够了。

神秘主义依靠内在的信念，并不需要证明。从那些教义中，它获取自己所需的东西，却并不完全依靠它们。它是个人的，满足的也只是个人欲求。神秘主义认为，我们生活的世界是整个神性宇宙的一部分，并由此获得其自身的意义；同时还认为，存在一个上帝,他是来支持和安慰我们的。神秘论者频繁地说到自己的神秘体验,而且那些描述十分相似,使得我很难否认其真实性。事实上,我也有过一次类似的体验,只有以神秘论者描述灵魂出窍时的那种语言才能描述它的神秘性。那时候,我坐在开罗近郊的一座清真寺里,庙宇很荒芜,我忽然感到自己如醉如痴,如同伊纳提乌斯·罗耀拉坐在曼雷萨河边上所发生的情形。一种宇宙的神力将我压倒,我与宇宙融为了一体。上帝就在我面前,我感觉到了他。神秘论者十分重视这种相当普遍的感觉,在他们看来,这种感觉会对人产生明显的影响,从它的结果中可得到上帝的印证。可我认为,引起这种感觉的原因是多种多样的,不只宗教这一种。艺术家也可能有这种感觉,这一点圣徒们自己也很乐于承认。此外,如我们所知,爱情也能产生类似的状态。在表达那种极乐心境时,神秘论者喜欢使用情人的言辞。还有一种心理学家至今未做出解释的情况(也许它更加神秘一些),有时候你会强烈地感觉眼前的情景好像在过去什么时候经历过。对神秘论者而言,灵魂出窍般的欣喜虽然相当真实，但它的意义只限于自身。神秘论者和怀疑论者一致认为，不管我们凭智力怎样探索，始终存在一个更大的神秘谜团。

出于对宏伟宇宙的敬畏，同时不满于圣徒和哲学家的观点，我有时会将这个谜团追溯到穆罕默德、基督、释迦牟尼、希腊神灵、耶和华和太阳神之前，直到奥义书里的婆罗门。婆罗门的那种精神（如果它可以称为精神的话）自我生成又超然于所有的存在物，它是一切有生之物的唯一源泉，一切存在物都存在于它之中。不管怎么说，至少我的想象力在婆罗门的宏伟壮观中得到了满足。只是多年来，我持续与文字打交道，这让我不得不对它们有所怀疑。就算是刚刚写下的那些文字，我也总觉得它们的意思是含混不清的。对宗教而言，存在某种客观真理，它是一切事物之上唯一有用的事物；唯一有用的上帝，就是一个至上的、人性的、仁慈的上帝，他的存在如同"二加二等于四"一样毋庸置疑。然而，我仍不能彻底领悟这种神秘。作为一个不可知论者，我得出的实用性结论是：你只管做人，只当上帝并不存在。

真、美、善之我见

人类的自我主义让其不太愿意承认生命本来就是无意义的,因而当他不幸地发现自己不能够再信仰那一直以来让他引以为傲的力量时,他便竭力构建出某些价值观念来赋予生命以意义,这些价值观念和与他自身关切的利益有所区别。历来的智者们在这些价值观念中选出最为宝贵的三种代表,当人们单纯地追寻这三种宝贵的人生价值时,生命好像也因此有所意义。毋庸置疑,这三种价值有生物学上的用途,但从表面上看,它们是超然的化身,让人们觉得通过追求它们可以从人类的枷锁中解脱出来。在人类对自己生命的意义有所怀疑时,这三种价值的崇高属性给他们以信心。不管怎样，对于高尚品德的追求使得人类自己的行为开始有所意义。如同在茫茫沙漠里找寻一片绿洲，在人生的这场旅途中，他开始说服自己无论如何都要抵达他的那片绿洲，因为那是值得的，在那里他将得到休憩，并找寻到自己一直以来所寻求的答案。这三种价值观便是真、美和善。

我认为真在这三者中有一席之地是凭借其修辞学上引申的含义，人类赋予真理以许多道德品质，包括勇气、荣誉和精神独立。在人类对真理的追求过程中，这些的确是被频频提及的，然而事实上它们与真理本身毫无关联。只要发现能自我实现的机会，不管做出什么牺牲，都要抓住它。人们的兴趣只在于自身，而非真理。如果真理是一种价值观，那是因为真理本来就是真实的，而非因为说出真理是勇敢的。但是真理属于一种判断，于是人们便认为真理的价值存在于判断的过程中，而非在其本身之中。连接两座繁华城市的桥梁要比连接两处贫瘠之地的桥梁更为重要。如果真理是人生的一种最高价值，那么奇怪的是似乎没有多少人很清楚地认识到真理到底是什么。一直以来哲学家们就真理的意义争执不休，信奉不同流派的哲学家们往往互相冷嘲热讽。这种情况下，普通人必须将这些争论置之一边，只要信奉自己的真理就好，这是一种非常谦虚的做法，因为他们只要求维护自己心中特殊的存在，那就是对客观事实的陈述。如果真理是一种价值观，那么人类必须承认在诸多价值观中，真理是最不受重视的一种。一些探讨道德的书喜欢给出一系列例子，来证明真理是可以正当维护的。其实这些书的作者大可不必费心做这件事，那些过往的智者早已证明，并非所有的真理都适合说出来。人类往往牺牲真理以满足自己的虚荣心，为自身获取惬意和利益。人们并非依照真理而活，而是活在自我假想出来的世界里。有时在我看来，人们的理想主义只不过是将真理的声望强加在自己的幻想世界之上，并以此来满足自己的自负之心罢了。

美的地位要更高些。多年来，我一直认为是美独自赋予生命以意义。于土地上生生不息的人们而言，或许唯一的目的便是间或诞生一位艺术家。我认为，艺术是人类活动的最高成就，它对于人类的苦难、不休的混乱和令人沮丧的人性的挣扎都做着最终解释。因此，例如米开朗琪罗在西斯廷教堂顶的画作，莎士比亚的演讲，济慈的诗歌，只要这些艺术家创作出这些作品，其他众人庸常地生活，继而受苦，继而死去，那也是值得的。后来虽然我收敛了这种放肆的言论，除了说艺术创作单独给予人生意义之外，也将美好的生活归为艺术创作的一种，但我心里极为珍视的仍是美。这些理念现在已被我摒弃了。

首先，我发现美丽是一个完整的句号。当我思考美好的事物时，我发现我能做的只有注目和钦佩。它们给我的感觉固然绝妙，但我无法将这种感觉保存下来，也无法复刻。在这世上，最美的东西终究也会使我厌倦。从那些具有实验性的作品中，我获得了更大的满足感。因为它们未达到十足的完善，给我的想象力留下更多空间。而所有伟大的艺术作品都已完美得面面俱到，我能做的所剩无几，活跃不休的内心终会厌倦这种被动的沉思。于我而言，美丽似乎是山之顶峰，当你到达山顶时，会发现那里的风景也没什么特别的，于是只好下山。完美主义是无趣的。生活的讽刺便是，我们人人追求的完美还是无法达到为好。

我想，我们谈到的美是指那种能够满足我们审美需求的对象，不管是指精神对象还是物质对象，虽然我们往往是指物质对象。然而这样的审美会让我们的认识很肤浅，就好比我们仅仅知道水是潮湿的，对于它的其他特点一概不知。我读过许多书，以了解那些专业人士是如何将美这个话题讲述得更加直白；我还结识了许多醉心于艺术的人。但我要说，无论是从那些书籍里还是从那些人身上，我受到的裨益都不甚明显。我最感到惊异的是，关于美的判断没有永恒的定论。博物馆里陈列的物品，于某个时期那些具有最有品位的人而言是美的，而对于现今的我们似乎没有那样高的美的价值。在我这一生中，我目睹过许多良诗好画在当时是多么绝妙，然而不久后就像朝阳下的晨雾一样消散不见。即使自负如我们，依旧无法认定自己对于美丽的判断。我们所认为的美丽的事物在另一代人的眼中无疑将遭受批判，我们今天所鄙夷的或许有朝一日终获赏识。唯一的结论便是美是相对于某一代人的需求。如果要从那些我们认为美丽的事物上找寻到绝对美丽的特质，这样的尝试必将是无用的。如果美是赋予生命以意义的价值观的一种的话，那么它是一种时刻在变化的价值观，无法被分析，因为我们无法感受到我们祖先所感受到的那份美好，正如我们今日闻到的玫瑰花香和他们当年所闻到的终归有所区别。

我试图从美学作家的作品中发现到底是人性中的哪类特质使我们产生了审美感受，以及这种感受究竟是什么。通常人们谈到的便是美的本能，这个术语似乎让审美成了人类的基本欲望之一，如同饥饿、性一样，同时让审美具有一种特性，即哲学里的统一性。因此，审美起源于人类表达的本能、过盛的精力和一种绝对却又神秘的直觉，以及其他我不知道的东西。在我看来，美学绝不是一种本能，而是一种身心合一的境界，它建立在某些强大的本能的基础上，却又结合了经进化后的人类特质，同时跟生命的普遍构造有所关联。事实证明美学和性本能有关系，这一点许多人都承认，那些具有绝佳美学品位的人在性欲方面通常由正常化走向极端化，甚至病态化。在身心结构中，或许存在着某种东西以至于让某些声调、某些旋律和某些颜色对人类来说具有别样的吸引力，有某种生理因素在左右着我们的审美。但是我们也发现美好的事物之所以美好，是因为它们让我们想起了那些我们热爱的物、人或地方，即那些历经时间长河的冲刷后对我们而言具有情感价值的东西。我们发现事物美好是因为对它们感到熟悉，相反，我们也会觉得新颖的事物很美好，因为它们的新颖惊艳了我们。这些都意味着，不管是相似性联想还是相异性联想，都属于审美情感。只有联想才能解释那类丑的、怪异的物品的美学价值。我不知道是否曾有人研究过时间对于美感诞生的影响。当我们觉得事物美好时，可能不仅是因为我们更熟悉它们，也可能是先辈对它们的欣赏或多或少为其增添了美感。这就是为什么某些作品在初问世时无人问津，现在却大放异彩，我想济慈的颂诗在当下一定要比当年他创作的时候显得更为迷人。读者在这些充满生气的诗歌中找寻到慰藉和力量，反过来这些颂诗也被读者的情感所丰富。我决不认为美学情感是一种具象的东西，相反，我认为它极其复杂，并且是由诸多多样且不和谐的因素所构成的。因为一幅画作或一段音乐会挑逗起你的欲望，让你感伤往事，让你思绪飞舞、莫名兴奋，那些美学家就说你不应该被其打动，这显然毫无用处，你终究还是被打动了。这些方面同样是美学情感的组成部分，正如看到平衡的结构后收获的那种客观的满足感一样。

在伟大的艺术作品面前，一个人的反应到底是什么呢？当他在卢浮宫看到提香的《埋葬基督》时，或是听到《歌唱大师》的五重奏时会是什么感受呢？我知道我的感受如何，那是一种兴奋夹杂着喜悦的感觉，同时充满理性和感性，是一种让我获得某种力量进而从人性的束缚中获得解放的幸福感。同时，我感受到自己处于一种充满人类同情心的温柔心境之中。我因此而觉得踏实，内心平静，精神上也感到超然。确实在某些时候，我看着某些画作或雕像时，听着某些音乐时，我的内心还有一种强烈的情感，然而我只能用神秘主义者惯用的语言来描述它：与神合一。我认为这种与更宽广的现实的交融感并非只是宗教人士的特权，它也能通过除祈祷和斋戒以外的方式来实现。但我也问过自己这种情感究竟有何用处。当然，就它本身的欢快和愉悦而言它是好的，但是什么让这种感觉可以超出其他的愉悦，以至于当把这种情感和其他的愉悦相提并论时是对它的一种贬低呢？难道杰里米·边沁当真如此愚蠢，才会说出所有的幸福感受都是差不多，只要愉悦的程度相同，少儿游戏便和诗歌一样？神秘主义者对这一问题的回答很明确，他们认为一般的欢欣毫无意义，除非它能磨砺一个人的性格，或让一个人采取正确的行动，这种欢欣的价值便在于实际行动中。

似乎是命中注定，我要生活在一群具有美学识别力的人中。我并非指那些从事创作的人，在我看来，那些创造艺术的人和那些享受艺术的人有着巨大的区别。艺术创造者之所以创造，是因为他们内心的渴望让他们不得不通过创造来让自己的人格外化。如果他们创作出来的东西具有美感，那么这是一种偶然，他们本来的目的极少是为了创作美的东西。他们想要释放那充满重负的灵魂，用他们自己的方式，用他们手头的笔、颜料或者黏土，用那些他们生来就善用的工具。我现在要谈到的，是那些将对艺术的沉思和欣赏作为生活主要事业的人。我很少能发现他们有让我钦佩的地方，他们虚荣而自满，不善处理生活中的事务，却鄙视那些谦逊工作的人。只因为他们读了一些书，看过一些画作，就以为自己要高他人一等。他们借用艺术来逃避现实生活，还愚昧无能地鄙夷万物，贬低人类基本活动的价值。他们实际上和瘾君子别无两样，甚至比瘾君子还要糟糕，因为瘾君子并未自视过高，也没有瞧不起自己的同类。和神秘论的价值一样，艺术的价值在于它的效果。如果艺术只能带给人愉悦，不管那种精神上的愉悦有多大，它的影响也不甚明显，甚至不过等同于一些牡蛎和一品脱梦拉榭葡萄酒带来的愉悦。如果艺术是一种慰藉，那么足以。这个世界充满了不可避免的邪恶，如果人类偶尔能从古往今来遗留下来的艺术作品中寻求庇护，这样是极好的。但这并非逃避，而是汲取新的力量来面对这些邪恶。如果说艺术是人生重要价值的一种的话，那么艺术必须教会人们谦逊、容忍、智慧和慷慨。艺术的价值不在于美，而在于正确的行动。

如果说美是人生的价值之一,似乎很难让人相信使人鉴别美的审美感只属于某一个阶层的人。少数人拥有的审美感是所有人所必需的东西,这种观点很难让人信服。然而,美学家们却大多是这样认为的。我必须坦白,在我愚蠢的青春岁月中,曾认为艺术不过是人类活动的最高成就,它使人类的存在变得有意义(我曾将自然之美也归于艺术的门类,因为我曾经非常确信——到现在依旧认为——自然之美是由人类创造的,正如他们创作绘画和音乐那般),而我还十分自信地以为,只有少数人才懂得欣赏艺术。但是我的这个想法早就改变了。我不相信美是一个只属于少数人的领地,同时我倾向于认为,如果艺术只对于那些受过特殊训练的人才有意义的话,那么这样的艺术同它领地里所属的那少数人一样不值一提。只有当艺术可为所有人欣赏的时候,它才是伟大和有意义的,阵营性质的艺术不过是种玩物罢了。

我不知道为什么要在古代艺术和现代艺术之间做出区别。艺术本就是艺术。艺术是活的。试图通过历史、文化和考古学的联想来给一件物体以艺术的生命是毫无意义的。无论一座雕像是由古代希腊人还是现代法国人完成的，都不重要。重要的是这座雕像此时此刻会给我们以美的战栗，这种美的战栗会激励我们创作出更多的作品。如果艺术不仅是自我沉醉和自我满足的话，它必将磨砺你的性格，同时引导你做出更为正确的决定。尽管我不是十分喜欢这个结论，但是我不得不接受它。要评判艺术作品需看它的艺术效果，如果效果不好，便是无价值可言的。这是一个古怪的事实，艺术家只有在并非刻意的情况下才能达到这种效果。这个事实只好被看作事物的本性，而我也无法对此做出解释。布道只有在布道人没有意识到他在布道的情况下才最为灵验，蜜蜂也是为了自己的目的才酿蜂蜜，并不知道蜂蜜对人类用处颇多。

现在看来，似乎真和美都不算作人生的内在价值了。那么善呢？在我谈到善之前，我要先提到爱。有些哲学家认为爱还包括其他价值，因此将爱视作人类的最高价值。柏拉图学说和基督教派联于给予爱神秘的重要性。爱这个字眼所带来的联想，要比单纯的善良所带来的感受更让人激动。相比之下，善就显得有些琐碎和无趣了。爱有两层含义：第一种是纯粹、简单的爱，即性爱；第二种是仁慈的爱。我认为就连柏拉图对此都未做出严格的区分，在我看来，他似乎把那种与性爱相伴而生的喜悦、力量和活力归为他所称的神圣的爱。然而我倾向于将这神圣的爱唤作仁慈的爱，虽然这样做会让它带有世俗之爱的缺陷，因为世俗之爱会流逝，会消亡。人生最大的悲剧不是肉体的消亡，而是停止去爱。你爱的人不再爱你，谁对此都无能为力，这简直是不可原谅的罪恶。拉罗什福科发现，在一对爱人之间，总有爱人的一方和被爱的一方。于是他通过警句来揭露这不对等的一面，而这种不对等定会阻碍人们在爱中追寻完美的幸福。不管人们多憎恶这个事实，也不管他们多么急于否定这一点，毋庸置疑的是爱取决于性腺分泌的某些激素。很少有人可以常年因为同一个对象的刺激而持续地分泌性激素，而且随着年月的流逝，性腺分泌的激素也在下降。人们对此问题则表现得非常虚伪，而且不愿意面对真相。他们太会欺骗自己，所以当他们的爱退却为一种坚贞持久的爱怜时，他们仍欣然满意地接受，就好像喜欢和爱怜是一回事似的！爱怜建立在习惯、利益关系、生活便利和陪伴的需求之中，它是一种舒适而非激动的感觉。我们是变化的产物，也生活在变化的环境中，难道我们本能中最强烈的性本能就能逃脱变化这一法则了吗？今年的我们不同于去年的我们，我们爱的人也是如此。时刻在变化的我们若是能继续爱着另一个变化了的人，这是一件幸运的事情。大多数时候，已经变化的我们需要悲哀地做出极大的努力，才能继续去爱这个我们曾经爱过而现在也变化了的人。这是因为，当我们沦陷于爱那强大的力量之中时，我们确信它会永远持续下去。当这份爱意开始有所降温的时候，我们便会羞愧，觉得受到欺骗，埋怨自己对爱情不够坚持。实际上，我们应该接受这种变心是人类本性的自然效应。人类的经历让他们对爱拥有一种复杂的感觉，他们怀疑过它，他们常常咒骂它，也常常讴歌它。人类的灵魂总是向往着自由，除了某些短暂的时刻，人们总会把爱情中需要的这种自我臣服看作一种有失优雅的行为。爱可能会带来人类所能体会到的最大的幸福，然而这种幸福从未完满。

爱的故事通常有一个悲伤的结尾。许多人曾憎恶爱的力量，愤懑地想要从爱的枷锁中挣脱出来。他们拥抱他们的枷锁，但也痛恨这枷锁。爱并不总是盲目的，最不幸的便是明知道这个人不值得你去爱，却还是全心全意地爱着此人。

然而仁慈的爱不像世俗的爱那般短暂，尽管仁慈的爱中也带一些性的成分。就如同跳舞，有人跳舞是为了在节奏的舞动中寻求欢乐，而不是一定要和他的舞伴发生关系；但是，只有沉醉在舞动之中，才会觉得跳舞是一种让人愉快的运动。在仁慈的爱中，性本能得到了净化，它赋予这种仁慈的爱以温暖和活力。仁慈的爱是善中较好的一面，它让善中某些严肃的品格多了几分温厚，从而让人们能够更容易践行自控、耐心、自律和容忍这些细微的品德，因为这些品德原本是被动的，不太让人提得起兴趣的。在万物间，善良似乎是唯一有其自身价值的人生美德。美德便是它的善果。我很惭愧，说了这么多，只得出一个如此普通的结论。若是按我往常的习惯，我定要以令人震惊的言论或者悖论来结束我的著作，或者奉上一番愤世嫉俗的话语，我的读者通常会被我这样的言语逗笑。但现在似乎我能说的不过是其他书中出现过的，或者是布道者所传授过的。我绕了这么大的圈子最后也只得到一个众人皆知的结论。

我心中极少有崇敬的情感。世上的崇敬太多了，事实上，很多事物都配不上这份崇敬。我们现在往往只是出于传统习俗的缘故才会对事物表达敬意，而不是我们对这类活动感兴趣。对于那些过往的伟大人物，诸如但丁、提香、莎士比亚、斯宾诺莎等，向他们表达敬意的方式便是不去神化他们，而是将他们视作我们同时代的故人，与他们亲密无间。如此，我们便能给他们最高的赞美。这种熟悉感让人觉得他们仍鲜活地活在我们身边。然而，当我偶尔遇上真正的善时，我发现内心会有一股油然而生的崇敬。即便这些少有的善良者在我眼中有些普通，也不是像我以为的那么聪明，可那于我亦似乎毫无影响。

我曾是一个郁郁寡欢的小男孩，那时我常常一夜又一夜地做梦，梦想我的校园生活只是一场梦，梦醒后我会发现自己就在家中，在母亲的身边。于我来说，母亲的去世仍是一个创伤，历经50余年仍未愈合的创伤。我很久都没有做这样的梦了，但我还是一直有那种感觉，认为自己的生活是一场幻境。在人生这场幻境之中，我也要忙此忙彼，因为总会有事情要做。然而，即便我这般做，我却能从远处审视并知道这场幻境的样子。当我回首我的人生时，有过成功和失败，有过无止境的错误，有过欺骗和成就、欢笑和凄苦，但奇怪的是这种种回忆却缺乏一种现实感。它们是如此晦暗不清，缺少真实感。也许是我的心无所栖息，所以才会对神和永生有同祖先那般的渴望，尽管我的理智似乎已经不相信神或永生。有时我只好退而求其次地安慰自己，在我一生遇到的那些为数不多的善里，毕竟还有一些是发生在我自己身上的。

在善上，也许我们找不到人生的原因，也找不到对人生的阐释，但我们能发现一丝慰藉。在这漠然的宇宙之间，从我们出生至死亡，周围总是避免不了一些险恶的事情，善良虽然算不上一种挑战，或者一种回复，至少是对我们自我独立的一种确认。这善良是幽默对命运荒唐和悲哀的一种反驳。不同于美，善良可以达到尽善却不让人觉得厌倦，同时比爱更伟大，善良的光辉不会随着时间而褪淡。善良是通过正确的行动显现出来的，但谁又能在这本就毫无意义的世界中分辨出什么是正确的行为呢？正确的行为并非是为了获得幸福，如果会有幸福的结果，那么也是幸引福至。众所周知，柏拉图劝导他的智者们放弃平静的悟理生活，让他们投身到凡世俗务中去，故而他将责任感置于享乐欲之上。我想，我们每一个人也许都偶尔做过某种决定，因为我们认为是正确的而去那样做，尽管我们知道这样做并不会有幸福。那么什么是正确的行动呢？在我看来，雷昂修士给出了最好的答案。他说的做法不难，人性虽有弱点，但不会在其面前畏缩。我将以雷昂修士的话来给本书做个收尾，他说：生命的美别无其他，不过顺应其天性，做好分内之事罢了。

[全书完]

© 威廉·萨默塞特·毛姆 2023

图书在版编目（CIP）数据

阅读是一座随身携带的避难所 /（英）威廉·萨默塞特·毛姆著；罗长利译. — 沈阳：万卷出版有限责任公司，2023.4（2024.7重印）
 ISBN 978-7-5470-6169-5

Ⅰ. ①阅… Ⅱ. ①威… ②罗… Ⅲ. ①随笔－作品集－英国－现代 Ⅳ. ① I561.65

中国国家版本馆CIP数据核字（2023）第010836号

出 品 人：	王维良
出版发行：	北方联合出版传媒（集团）股份有限公司
	万卷出版有限责任公司
	（地址：沈阳市和平区十一纬路29号 邮编：110003）
印 刷 者：	凯德印刷（天津）有限公司
经 销 者：	全国新华书店
幅面尺寸：	106mm×148mm
字 数：	180千字
印 张：	11.25
出版时间：	2023年4月第1版
印刷时间：	2024年7月第5次印刷
责任编辑：	王越
责任校对：	张莹
封面设计：	朱镜霖
ISBN 978-7-5470-6169-5	
定 价：	38.00元
联系电话：	024-23284090
传 真：	024-23284448

常年法律顾问： 王 伟 版权所有 侵权必究 举报电话：024-23284090
如有印装质量问题，请与印刷厂联系。 联系电话：010-88843286/64258472-800